新 潮 文 庫

管見妄語

大いなる暗愚

藤原正彦著

新 潮 社 版

9485

はじめに

本書は週刊新潮の写真コラムに連載したものを集めたものである。この欄はもともと長年にわたって山本夏彦《なつひこ》氏が担当していたもので私も愛読者の一人だった。「夏彦の写真コラム」はユーモア、皮肉、パンチの効いた小気味よい文章だったから固定ファンも多かった。私自身その欄に「時代遅れの日本男児」というタイトルで登場したことがある。

亡《な》くなった後、「正彦の写真コラム」として同欄を引受けないかとの話があったが、舌鋒《ぜっぽう》鋭い夏彦翁《おう》の後を引受けるのは私にとって荷が重いし、何よりおこがましいと思いお断りした。夏彦翁が他界して七年たった昨年の三月に再び依頼された。あの絶妙の切れ味ともう比較されることもなさそうだし、ちょうど三十三年勤めた大学を定年退職する直前で、これからは授業の分だけ暇ができそうと思っていたからお引受けした。

原稿用紙三枚弱の原稿を毎週一本仕上げることくらい、と高を括《くく》っていたが意外と大変だった。ネタがあれば一日に二本でも書けるのだが、適切なネタを探るのが苦労だった。ふがいない政治や経済についてならいくらでもネタはあるが、どうしても口角泡を飛ばすことになる。それは英国紳士を地で行くと言われ（たいと思っ）ている私にふさわしくない。文化や芸術を書けば私の高い（と思いたい）品性がにじみ出て好都合なのだが、いかんせん教養がほんの少しばかり足りないのか筆が進みにくい。かと言って社会、スポーツ、芸能では週刊誌並みになる。ネタに窮して女房の悪口を書けば「奥様への深い愛と信頼があるからあそこまで書けるんですね」などと誤解されたりする。実際ほどひどく書いていないのは確かに私の思いやりに違いないのだが。今度まとまったものを一望すると、政治や経済で大口を叩《たた》いた後にユーモアを持ってきたりと、バランスを必死でとっている私がいじらしい。

ネタ探しのため、以前は五分ほどですませていた新聞を十分から二十分もかけて読むようになった。新聞広告に出るすべての雑誌のすべての見出しにまで目を通すようにした。面白そうな見出しがあると雑誌を買って読んだ。かつて数学を専攻し始めた頃から大学院、助手の頃まで、私はそういったものには一切目もくれなかった。雑多な俗事は数学研究に無関係なばかりか、取るに足らない情報は本質中の本質を見極める透徹した目を曇らせる、として忌避していたのである。しかし写真コラムは本質中の本質とまではいかなくとも、雑多な俗事の中に、隠された本質を見出《いだ》したり新らしい視点を発見し読者に示すものだから、俗事を知らなくては話が始まらないのだ。

この作業はさほどやさしくない。これまでに新聞、雑誌、テレビなどで指摘されていないことに気付かなければならないからだ。これはネタになる、と思った瞬間に閃《ひらめ》くこともあるが、多くは書き始めてから気付く。「書くことは考えること」なのだ。カツンと本質にぶつかった時は幾何の問題でうまい補助線を引けた時のようにうれしい。

それを文章で表現するのだが、駄文を排すため、一篇を書き上げるたびに愚妻に頭を下げて読んでもらった。愚妻の「何これ」でそのまま丸めた完成原稿もいくつかある。もし本書に一篇でも駄文があれば専《もっぱ》らそれを見落とした愚妻の節穴を証明するものである。もし本書を貫く感覚がどことなく古臭いとしたら、「時代遅れの日本男児」と看破した夏彦氏の慧眼《けいがん》を証明するものである。もし本書に新しい視点が少しでもあったとしたら、それはいつも本質を外しておいてくれるマスコミの親切のおかげである。

二〇一〇年八月

著者

目次

第五章　**文化の力**

解説　辰巳琢郎

管見妄語

大いなる暗愚

第一章　歴史に何を学んだか

うなだれるドイツ

フランクフルトのある地下鉄駅で地図を広げていたら、二十代後半の青年が「何かお手伝いいたしましょうか」と話しかけてきた。フランクフルト大学に勤めるこの青年と話が始まった。

「フランクフルトは前大戦で手酷《てひど》く爆撃されたから、古いものが好きな私としてはたいして見るものもないのが残念だ。でも久しぶりにマイン川の川べりを歩いてみようと思ってね」

「確かに何もかも壊された」

「ひどいものだ。ドイツと日本は市民が猛爆された。明らかなハーグ条約違反だ」

青年はいかにも困ったように眉《まゆ》を曇らせた。

ドイツ人が前大戦に関して、自虐的《じぎゃくてき》な日本人よりはるかに自虐的なことはかなり前から気付いていた。今でも変わっていない。私はかすかな苛立《いらだ》ちを感じた。

「ヒットラーと東条は確かに悪かったが、ルーズベルト、スターリン、チャーチル、毛沢東など、二人とどれほど違うんだい」

「でも我々は本当に悪いことをしてしまったんだから。どんなことをされても仕方がない」

ドイツは未《いま》だ戦後から復興していない。経済ではない。民族の底力ともいうべき学問文化の世界においてである。例えば前大戦に至る一世紀の間、ドイツの数学、物理、化学、医学、文学、哲学、音楽などは世界に冠たるものだった。現代の学問文化の基盤はドイツ人に負うところ大である。アインシュタインなどユダヤ系ドイツ人学者の活躍もあったが、彼等を除いてもなお超一流であった。それが戦後六十年以上たつというのに、昔日の面影はどこにも見当たらない。国際テストにおける子供達の学力も欧州ではほとんどビリである。民族が入れ替わったわけでもない。

青年はおぞましいと思うのか「ヒットラー」という言葉さえ口にできなかった。許されざる大罪を犯した、とうなだれてばかりいては独創に必要な気合は決して生まれてこない。民族や祖国への誇りと自信なくして、真の独創は生まれない。ドイツや日本に限らず中米英露など列強だって、口にできぬほどの残酷非道を過去に山ほどなしている。皆、口を拭《ぬぐ》ってすましている。それどころか、なぜか前大戦だけに絞り、そしてドイツと日本の残虐だけに絞り、戦後六十五年がたった今も折にふれ俎上《そじょう》にのせる。情報戦略である。ドイツ人は世界一良心に富んだ人々なのだろう。ただ反省に身を沈めうつむいている。

橋を渡りマイン川の向こうに出た。川べりを歩きながら、リーマン、ヒルベルト、ワイル、ジーゲルなどドイツ数学の燦然《さんぜん》たる系譜を想《おも》った。満開の桜をさびしく感じたのは久しぶりだった。

（二〇〇九年五月七・一四日号）

三十年ぶりのローマ

結婚三十周年ということで、新婚旅行と同じ日に、同じローマへ女房と旅立った。「ロマンティックでいいですね」とよく言われるがそれほどでもない。ちょうど大学を三月で定年退官したから骨休みになるし、「苦渋に満ちた三十年の結婚生活」としきりに言う女房の御機嫌も少しはとっておこうと考えたまでである。

三十年前ともっとも変わっていたのは、移民が極端に増えたことであった。伝統的にイタリアは欧米諸国へ出稼ぎに出る国だったが、近年は入る方がはるかに多くなっている。経済の好調だったここ数年の増加はすさまじく、北アフリカや東欧からの移民は、不法滞在も含めると九百万人に達するとも言われる。経済成長のため労働力が必要だったのである。当然ながら今、移民先輩国の英独仏と同様、深刻な社会問題に悩まされている。

私のような旅行者にとっても、急激な国際化はうれしいことではない。旅行者がある国に行くのは、その国特有の自然や文化に触れ、その国の人々や言語や風変りな風俗に触れ、その国ならではの料理を食べたいからである。世界が均質化してしまったら旅の魅力は半減する。

イタリア男の軽さはちっとも変っていなかった。三十年前ほどではなかったが、女房にウインクしたりするおっちょこちょいがまだいた。ホテルのフロントのヤサ男は「ここにはお嬢さんの名前を書いて下さい」と言って、乗せられやすい女房を舞い上がらせた。フィレンツェの街角では、地図を開いていた女房に外套《がいとう》を手にスーツに身を固めた紳士が手助けを申し出てきたらしい。仲睦《むつま》じくしている所に数分して戻った私は、「せっかく『お茶でもいかが』となりそうだったのになぜ戻ったのよ」と一日中なじられた。

実は私に対しても女性のアプローチがあった。ローマでスペイン広場に行こうと歩いていたら、移民とおぼしき三十歳くらいの女性が狭い歩道に立って私を見つめている。近づいても道をあけてくれる気配がない。このままではぶつかってしまう。機敏な私がさっと端に寄ったら、すれ違いざま彼女は私にすっと身を預けてきた。

「おかしいな、若い女性にこんなにモテるはずが……」と思った瞬間、鋭敏な私は「いけね、スリだ」とひらめいた。俊敏な私はひょいと身をひるがえすや「この野郎」と日本語で一喝した。彼女はあたかも殴られたかの如《ごと》く手で目の上を押え泣きそうな顔をした。確かめると名人芸か、右ポケットのボタンが外されていた。折からのアレルギー性鼻炎で、鼻をかんだチリ紙が山程つまったポケットだった。二週間の滞在で私が女性に興味を持たれたのはこの時だけだった。

（二〇〇九年五月二一日号）

豹変《ひょうへん》してケロリの国

　会計制度には大きく分けて時価会計と原価会計がある。時価会計とは、帳簿に株や債権や不動産のその時の時価を記すものであり、相場の動きにともなう利益や損失を反映させようとするものだ。日本企業の多くはもともと、それらの買い値を帳簿につけそのまま変更しない、という原価会計を採用していた。実勢を表わさない欠点があるが、相場の動きに神経を尖《とが》らせないで本業に励めるという利点があった。実際、一九九〇年代に欧米に時価会計が広がってから財テクに走る企業が多くなった。

　バブル崩壊で株や不動産が値下がりし、各企業が含み損をたっぷり抱え苦しんでいた二〇〇〇年の頃に、日本はグローバル・スタンダードだからとアメリカに言いくるめられ、時価会計を押しつけられた。このため一気に損失がふくらみ、窮地に陥りハゲタカ外資に買われたり破綻《はたん》する企業が続出した。

今年四月にアメリカは、時価会計基準の緩和を決定した。膨大な不良債権により青息吐息といおうか、事実上死に体となっているいくつもの大手銀行を救うためである。他人が困っている時には押しつけ、最大限利用したのに、自らに火の粉がかかるやさっさと変更したのである。

日本の護送船団方式は長らくアメリカから非難されてきた。大きな政府は規制を作ったり監視をしたりと、何もかも市場に委《ゆだ》ねるべきという市場原理主義への障害であり、米企業の参入を妨げるものでもある、として我が国に小さな政府を強要してきた。郵政改革、医療改革をはじめとした規制緩和はすべてその一環であった。いわゆる構造改革は、ほとんどすべてアメリカ政府からの年次改革要望書で繰り返し要求されたものであった。シカゴを中心とした一学派のイデオロギーにすぎない市場原理主義を、あたかも普遍的真理の如く吹聴《ふいちょう》し、自由競争という名の疫病《えきびょう》を世界にばらまいた。

ところがリーマンショック後、自らが窮地に陥るやアメリカは市場原理主義をあっけなく捨て去った。市場に委ねれば必ず破産する大手金融機関や自動車のビッグスリーに、大量の公的資金を注ぎこみ延命に大童《おおわらわ》である。護送船団どころではない。日本が困っていた時は、絶好のビジネスチャンスととらえ政府による救済に反対した。日本長期信用銀行の破綻に際しては、一時国有化により八兆円を日本政府に注入させ不良債権を始末させてから、投資ファンド、リップルウッドが十億円で買収した。

自由貿易を絶叫し、日米構造協議で日本の国柄自体が非関税障壁と非難してきたアメリカは今、景気対策法案にバイアメリカン条項を入れるなど、大統領自ら恥ずかし気もなく保護貿易を唱えている。こちらの頭がおかしくなるような豹変ぶりである。同じような目にあった国は日本だけではなかろうがアメリカへの怒りを表明する国はない。豹変によりアメリカの信用が失墜したとも聞かない。世界の人々は限りなく寛大である。

（二〇〇九年五月二八日）

恋愛結婚と少子化の関係

三月で三十三年間勤めた女子大学を定年退官した。セクハラ退官ではない。退官を祝うということで、これまでに藤原ゼミを巣立った五十数名が集まり、私達夫婦を囲みとても心温る会を開いてくれた。

この会で少し驚いたのは、二十六歳から三十六歳までの卒業生の約六割が独身ということだった。

これら独身者は皆、数学教師、システム・エンジニア、金融専門家などとして立派に自立していて、結婚を焦《あせ》っている様子は見られない。

数年前だったが、女子大に勤めているということで知人から見合写真を預かった私は、二十代末の卒業生から、人を選び電話をかけたことがある。

「お見合の話がありますが興味ありますか」

「いえありません」

で、お終《しま》いだった。どんな人かを言い出す間もなかった。それでもこれら独身者と話すと、好《よ》い人がいたら結婚したいとは思っている。同時に、見合結婚はちょっと、とも思っている。恋愛結婚に比べ離婚率も低いし、と私は思うのだが、現今は流行《はや》らないもののようだ。これでは晩婚が進み、少子化が進むのも無理はない。

恋愛結婚は日本人にどちらかと言うと不向きな形式と思えるからである。欧米のように男女の性欲が絶大で、狩猟民族の子孫として、狙《ねら》った獲物《えもの》に対し直ちに力強い行動を起こすような人々にとっては、ごく自然な形式と言えよう。実際、中学生の長男とヨーロッパ旅行をしていた愚妻に求婚するオッチョコチョイまでいたのだ。帰国してからもラブレターが何通も舞いこんでいたようだ。

ところが日本人のように、性欲や感情表現の穏やかな人々にとっては、恋愛行動の敷居は思ったより高い。引っこみ思案だったり照れ屋だったりすると、なかなかこの敷居を越えられない。

実は私もそうだった。小学校から大学院まで、好きな女性はいつもいたが、女友達はついにできなかった。私がもてなかったのは、女房が言うように箸《はし》にも棒にもかからないほど私に魅力が欠けていたからではなく、日本人らしく節度をもって生きていたからである。女性を誘うことはもちろん話しかけることさえ不良のすること、という潔癖さゆえである。

見合結婚の復活が少子化対策に役立つことは確かと思う。ただし万能薬というわけではない。私は三十二歳になってから、心配した親のすすめで見合を始めたが、残念ながら一引分け四連敗であった。清々《すがすが》しくもセクシーな魅力を溢《あふ》れんばかりに有しながら、恋愛にも見合にも不向きな私のごとき人間もいるからである。

（二〇〇九年六月四日号）

夢ばかりを与え続ける「救世主」

　オバマ大統領が当選した時の各国メディアのはしゃぎぶりといったらなかった。狂喜乱舞だった。巧みな弁舌以外にこれといった実績のない上院議員が、行き詰まった世界の救世主のごとく扱われたのである。

　就任後百日あまりたったが未《いま》だに人気は高い。理想の松明《たいまつ》を次々にかかげるからである。選挙前から、グリーン・ニューディールにより五百万人の雇用創出とぶち上げていた。すばらしい夢だがどんな具体策が動き出したのだろうか。失業者は猛烈な勢いで増加している。温室効果ガスに関し、中国と並ぶ二大元凶の一つとして、アメリカにはすぐに着手すべきこともあると思うのだが。

　イラクから全戦闘部隊を大統領就任後十六カ月以内に撤退すると公約していた。大義なき戦争にうんざりしていた米国民はもちろん、世界中が大喜びした。就任して間もなく十六が十九に変わった。世界有数の石油埋蔵量を誇る国から、来年八月までに十万近い大軍を、中東全域の混乱を引き起こさず引き揚げられるものか見ものである。

選挙戦において中国を、人民元を不当に安く維持する為替操作国と非難していた。中国の輸出攻勢に参っていた各国は、よくぞ言ってくれたと喝采《かっさい》した。雇用の減少でとりわけ困っていたアメリカの労働組合は大喜びだった。労働組合はオバマ大統領属する民主党の大票田である。

大統領になってからは為替操作国を口にしなくなった。中国が外貨準備として米ドルを二百兆円も保有し、人民元を売り米国債を大量に買うなど為替操作をしてきたのは紛れもない事実である。ただしこれを非難して中国を怒らせ、中国が米国債購入を止《や》めたらアメリカは万事休すである。オバマ大統領は就任以来、大盤振舞いの経済対策を矢継早に打出してきたが、六千五百兆円という天文学的な財政赤字に苦しむといわれるアメリカに資金余力はない。どうせ中国と日本に国債を買ってもらおうという他人頼みにちがいない。それどころではない。怒った中国が保有する七十五兆円の米国債を一斉に売りに出したら、無論中国経済も不況となるが、米国債は暴落し、長期金利は暴騰《ぼうとう》し、アメリカ経済は頓死《とんし》する。中国が怒ったらアメリカを潰《つぶ》すことができると言って過言でない。この現実を知らなかったのなら無邪気すぎるし、知りながら労組の歓心を買うために為替操作と言ったのなら不誠実すぎる。

さきごろ、核軍縮を力説した。核のない世界はすべての人類の悲願といってよいから、これも大歓呼で迎えられた。しかし現実に戻れば、核兵器保有は国防だけでなく外交にとっても圧倒的な利点である。どこの保有国が手放そうか。

オバマ大統領は人類に夢を与え続ける人である。

（二〇〇九年六月一一日号）

落ちこんだ時には

とある会報のインタビューを、十年ほど前に私のゼミにいた学生に依頼され京都まで出向いた。卒業生は皆いくつになっても可愛《かわい》い。

私をインタビューするのは、会報を手がけているということでその学生本人となった。小一時間のインタビューが終って雑談となった。「東京育ちの君が京都でこうして元気に頑張っているのを見るとうれしくなるよ」と言ったら、少し間をおいてから、「先生、そう見えても私、一杯一杯なんです」と言ってやや苦しそうな笑顔を作った。

私はハッとした。やはり思った通り、彼女も限界に近い所で孤軍奮闘しているのだ。大学で学んだこととは直接関係のない仕事を、実家を遠く離れ一人で背伸びしてこなしながら、自らの能力や将来について疑念を抱いたりすることもあるだろう。

時にはつぶれそうになる自分を、自ら叱咤《しった》激励しながらどうにか歩み続けているのだろうと思った。

「一杯一杯なのは君だけではない。一生懸命に生きている人、誠実に仕事に取組んでいる人はみな一杯一杯なんだよ。実は僕だって一杯一杯なんだ」

「えっ、先生が。でも私は先生とはレベルが違って本当に一杯一杯なんです」

「そう思うのは、君が僕より誠実というだけのことさ」

彼女は目を心持ちうるませながら微笑《ほほえ》むと、「実は先生」と言って、カバンから透明なファイルに挟んだ二十枚ほどのA４用紙を取り出した。

「これ、先生のゼミで書いた私のレポートなんです。先生の書いて下さったコメントは私の支えなんです」

このゼミでは、二十名ほどの学生が週に一冊の名著を読み論評を提出、授業中はディスカッションをする、というきついものだった。彼女のレポートがいつも良い視点でしっかり書けていたことを思い出した。それを今も大切に彼女は身近においているのだった。

私は学生達に日頃からこう言っていた。

「君達は今後、落ちこむこと、挫折《ざせつ》すること、深い失意に沈むこと、などが必ずある。何度もある。そんな時にはほめ言葉を思い出すんだ。これまでに先生、親、権威ある人などからほめられたことがあるでしょ、それを思い出すんだ。私のように気が強く自信過剰な人間でも時にはどん底に落ちこむことがある。そんな時は一日に何度もほめ言葉を思い出さないと一日が終らないこともあるんだ」

彼女はそんな私の教えを忠実に守っているようだった。

「ところでそこにある僕のコメントはほめているんだろうね」

「はい、激賞です」

そう言って彼女は初めて頰をバラ色に輝かせた。このインタビューを受けてよかったと私は思った。

(二〇〇九年六月一八日号)

『剱岳《つるぎだけ》〈点の記〉』とラブシーン

父新田次郎の作品にはラブシーンがほとんどない。それには二つほど理由がある。一つは生真面目《きまじめ》を地で行く父に女性経験が絶対的に不足していたことである。「あまりに堅物すぎて作家の風上におけぬ」ということで、文春の池島信平社長が銀座のホステス連に、「新田次郎を誘惑した者には賞金百万円を進呈する」と触れ回ったくらいである。

もう一つは私の存在だ。アメリカの大学で教えていたころ、東京から送られてきた父の小説にラブシーンを発見した私は、いささか動転し国際電話で父に猛抗議した。どんなに露骨なポルノでもたじろがない私だが、父の描くラブシーンだけは不潔すぎてとうてい我慢できなかったのである。この感情は私だけの特異なものではない。私が作品中で男女の機微に触れるような描写をすると、必ず息子達がブーイングをする。

父の作品中、『劒岳〈点の記〉』はラブシーンがないうえ誰も死なないから、もっとも映画になりにくいものと思っていた。それをカメラマン出身の木村大作監督が、二年半もかけて映画にしてしまった。妥協ということを知らない彼は、実際に出演者やスタッフを連れて劒岳に登り、苛酷《かこく》な自然の中で生命がけの撮影を長期間にわたって敢行した。俳優達にとって地獄の撮影だったらしい。試写会で見た映画は素晴らしかった。圧倒的迫力の山に立ち向う、ケシ粒の如《ごと》き人間のひたむきな献身の高貴さがよく描かれていた。これほど美しい映像の映画はもうできないだろうと思えるほどのものだった。

実はこの映画には、愚妻が浅野忠信《ただのぶ》さん扮《ふん》する主人公の上司夫人として、三人の息子達が陸軍測量部員として、ともに端役《はやく》だが顔を出している。出演交渉があった時、羞恥心《しゅうちしん》のない愚妻は夫役の役所広司さんとの熱い抱擁でも期待したのかすぐに承諾した。息子達の方は坊主《ぼうず》になるという条件があり駄目と思っていたが、「おじいちゃんの映画なら坊主になるよ」と異口同音に言ってさっさと生れて初めての坊主になってしまった。長男の生れる半年前に亡《な》くなった父を慕う気持が感じられてうれしかった。私にはなぜかいつまで待っても出演交渉がなかった。

撮影は犬山市の明治村で行なわれた。家で一人寝していようと思っていたら愚妻にカメラ役を申し渡された。彼女の役は、上司を訪ねて来た浅野忠信さんと十秒ほど立話をかわすことである。羞恥心の欠如が功を奏し本番では堂々の演技だった。

撮影後、「浅野さんて素敵、あなたと同じ男とはとても思えない」と上機嫌だった。夫役との濃厚なラブシーンのなかったことは心残りのようだったが、これぱかりは父のせいであり仕方ない。


（二〇〇九年六月二五日号）

人は歴史に学ばない

北方領土問題はいつまでたってもらちがあかない。千島列島に関し平和時に締結された最後の条約は明治八年の樺太《からふと》千島交換条約である。樺太はロシア領、千島列島は日本領とする分かりやすい内容だった。これ以降の動きはすべて戦争がらみである。日露戦争後のポーツマス条約では、日本軍が占領した全樺太の、北緯五十度以南が日本領となった。第二次大戦では、終戦六日前の昭和二十年八月九日に突然日ソ中立条約を破って満州に侵攻したソ連軍が、翌々日には南樺太に侵攻したばかりか、何とポツダム宣言を受諾した十五日以降に千島列島を占領したのである。まさに火事場泥棒である。そのため、戦争を国際法的に終結させるためのサンフランシスコ講和条約では、日本が千島列島を放棄させられた。米軍占領下の日本は正当な主張すらままならなかった。

戦争による占領は一時的なもの、という現代の良識に立てば全千島列島は日本のものとなる。百歩を譲り江戸末期に締結された日露和親条約に戻っても北方四島は日本のものである。それがここ数十年、四島でも大きな譲歩なのに二島だの三・五島だのといった返還論が日本側から出されている。不思議である。

ペテルブルグ大学でロシアの歴史や政治を学び、卒業後は当地の新聞社で働いたことのあるNが、ベルリンの日本大使館に赴任したばかりのFを訪れこう尋ねた。

「ロシアとの交渉で一番大切なことは何だと心得ているかい」

Fは少考の後こう言った。

「他国との外交交渉と同様、誠意を示し信頼を勝ち得るのが基本ではないでしょうか」

「普通の国ならそうかも知れんが、ロシアにはその基本が通じない。信頼関係を築いたと思っても、約束をしたと思っても、すぐさま破るのが常だ。ヨーロッパ諸国やシナはそれで何度煮え湯を飲まされたことか」「日本も気をつけないといけませんね」「それがすでに煮え湯を飲まされているんだよ。例えば明治八年の樺太千島交換条約だ。ヨーロッパの常識から言えば千島はもちろん、日露雑居だった樺太だって南半分は日本のものと主張してしかるべきだったのだ」「多少の譲歩は妥結のため仕方ないこともあると思いますが、ロシア相手ではいけないということでしょうか」「その通りだ。こちらが相手に対して好意を示せばいつかあちらも好意で答えてくれるだろう、というのは日本人一般の考え方だ。ところがロシア側は、日本が譲歩したのは日本に弱味があるからだ、ロシアの強大な軍事力のためだ、威圧すればすぐに譲歩する国だ、と受け取るだけなんだよ」——こんな会話がなされたのは明治二十年、Nは駐露公使で後に外務大臣となった西徳二郎、Fは駐ベルリン武官で後にシベリア単騎横断を成しとげた福島安正陸軍少佐である。昔も今も日本人とロシア人は変らず、また人々は歴史に学ぼうとしない。

（二〇〇九年七月二日号）

自分の顔

自分の顔だけは、何十年つき合っても好きになれない。繊細で品のよい指とか、足軽の血を引くたくましい脚など、気に入った部分もあるのに顔だけはだめだ。床屋でじっと鏡を見ていると次第に気が滅入《めい》ってくる。

公《おおやけ》にすべきものではないと長いあいだ思っていた。そう思っていたのは私ばかりではない。処女作の『若き数学者のアメリカ』が出た時、私の顔は新聞広告などにのらなかった。同時期に同じ新潮社から本を出した沢木耕太郎さんや五木寛之《ひろゆき》さんの写真は常にのっていた。新潮社も私と同じ考えを持っていたのである。

沢木さんと五木さんの写真はいつも「陰影のある男」といった雰囲気で、左四十五度から撮ったようなものが多かった。もしかしたら私だって、と鏡の前で顔を右に傾け、左四十五度を観察してみたが、後頭部の絶壁が目立つだけだった。

ふと石原裕次郎や赤木圭一郎を思い出した。ブロマイド写真で見る彼等はいつも眉間《みけん》に縦皺《たてじわ》をよせ、どこかまぶしそうな表情をしている。早速、女房の前で、眉間に縦皺を寄せまぶしそうに目を細め、「どうだニヒルに見えるか」と聞いたら「ニヒルというより不機嫌なアヒル」と言われた。

それが四年前の『国家の品格』出版時には、大々的に私の写真が登場した。新聞、雑誌、そして本屋にまで写真入りの旗が立った。宣伝部から「写真を撮らせて下さい」と言われた時、悪い予感がしたのだがその通りになった。

その結果、顔が知れてしまった。それまではつまずいて転んでも誰も気を留めないような人間だったのが、他人からじろじろ見られたり、挨拶《あいさつ》されるようなことが多くなった。パリのノートルダム寺院で口を開いて尖塔《せんとう》を見上げていたら、私を撮っている人がいたのでびっくりしたこともある。

どうして新潮社が、三十年の慣《ならわ》しを捨てて私の写真を公にする、という決断に踏み切ったのか。考えられる理由は唯《ただ》一つしかない。一般大衆に温かく迎えられるような顔になったということだ。私の顔がよくなったということである。これは知人からもよく言われることである。若い時以来の吊《つ》り上がった目や神経質そうな表情が、加齢により目尻《めじり》が下がったため、柔和で穏やかなものになったのだろう。
先日、古い写真を家族と探していたら独身の頃の写真が出てきた。女房が「ホラ、あの頃のお父さん、神経質そうにチックばかりしていただけあって気持ち悪いでしょ」と息子達に言った。愚息どもは写真を手に取ると一斉に、「キモーイ」と言った。今の方が断然よいということだろう。新潮社に限らず各社とも私の写真を競って載せるようになった。雌伏六十五年、ついに好感度抜群のルックスとなったようだ。

（二〇〇九年七月九日号）

ああ餃子《ぎょうざ》

餃子こそ古今東西の料理中、最高と思う。

初めて食べたのは意外に遅く高校二年になったばかりの頃だった。友人のMと神宮で早慶戦を見ての帰り、渋谷まで歩きそこのガード下にあった汚らしい餃子屋に入った。裂け目だらけのビニール張り丸椅子《まるいす》に腰かけると、Mが「ここは餃子がうまい」と言った。「餃子って何だ」と聞いたら「何だ知らないのか、可哀《かわい》そうな奴《やつ》だ」と言われた。Mは醬油《しょうゆ》のしみたようなカウンターの小さなガラスびんを指さして、「ラー油だ。醬油と酢にこれをたらして、そこに餃子をつけて食うんだ」と言った。金属ぶたのついたびんの下部には唐辛子が沈んでいた。私はラー油を思い切りすくって小皿に入れ醬油と酢をそこにたらした。たらす方とたらされる方を違えただけだが、Mが「辛すぎるぞ、常識のない奴だ」と言った。

横腹からニラの透けて見える小さな焼餃子がカウンターの向うから出てきた。つながって並んでいるものや腹を上に向けて転がっているものがあった。一つを食べた私が「こんなにうまいもの、生れて食ったことない」と言ったらMはなぜか腹をよじって笑った。

これ以降、餃子一本槍《やり》となった。独身時は味の素の冷凍餃子をほぼ毎日食べていた。結婚してからは女房が作ってくれる。豚肉とキャベツの他、私の注文通りニラ、ニンニク、生姜《しょうが》、ネギを入れてくれるからうまい。藤原家の強く正しい血を継ぐ三人息子も幼い頃から食べている餃子が大好物である。幼なかった頃は「君達五つパパ八つ」などと差別していたが今は民主的になった。欧米人が夕食に来た時もよく餃子を作る。評判は無論非常によい。欧米にこれほど美味《おい》しいものはないからだ。

私は家で食べるばかりか外でもしばしば食べる。学生とのコンパは必らず「王将」でする。浜松や宇都宮へ行った時は帰りに駅で御土産餃子を買う。餃子は栄養バランスがよいうえニラやニンニクは精力をつけるから絶倫を夢見る私の必需品だ。それに誰が考案したのか形がよい。こんがり焼けた色もよい。無性に箸《はし》でつかみたくなる愛らしさだ。唯一《ゆいいつ》の欠点は魅力的過ぎてすぐに口に入れるため、必らず口内にヤケドを作ることだ。

女房との初デートも餃子だった。フランス料理やイタリア料理でのデートしか経験のなかった女房にとって、餃子屋は新鮮だったようだ。餃子の焼き上がるのを待つ間、私がいつも通り小皿にラー油と酢と醬油をさし、割った割箸を右手に今や遅しと待ち構えていたのにも感銘を受けたらしい。用意万端を怠らない周到さ、食物に対する底深い愛情、なすべき仕事への驚嘆すべき集中力、などを印象づけられたのだろう。カルチャーショックに目が眩《くら》んだのかすぐに私の求婚に応じてくれた。「単に行儀が悪いだけだった」と女房が言ったのは結婚して数年たった後だった。

（二〇〇九年七月一六日号）

モノ作りを滅ぼす株主至上主義

私がアメリカにいた一九七〇年代、ビッグスリーは絶好調だった。私はクライスラーのプリムス、友人の日本人数学者はGMのビュイックを得意になって乗り回していた。その両社があっけなく破綻《はたん》した。原因については、従業員への高賃金と高福祉、世界大不況による販売不振、客のニーズを見誤った経営陣の失策、などと言われる。

真の理由は株主至上主義ではないか。株主が会社の経営に大きな権力を行使する方式は、少くともモノ作り産業にはなじまないと思う。株主とは、社員株主、系列会社、乗っ取り目的の大株主を除くと、一般には株価の上昇、しかもできるだけ短期間での上昇を願うだけの人々である。配当を得つつ高くなったら売って利益を得るまでのことだ。彼等の株保有期間は概して短かいから、会社の短期的利潤には大いに興味があるが長期的なことには無関心である。「ひょっとすると十年後に大輪の花を咲かせるかもしれない研究」などに大金をつぎこむことには当然反対する。そんなリスキーなことをする余裕があるなら今の配当を増やせとなる。

このような株主からの圧力や、八〇年代に米経済が金融に軸足をおき始めた影響もあり、GMはモノ作り産業たるを忘れ、金融子会社GMACなどの儲《もう》けに依存し始めた。研究開発をベンチャーなどに外注するようになった。しかしベンチャーは困難な研究を長期間続ける体力はないうえ、大概はいつの日か、上場するか会社ごと高く身売りして大金を得ようなどと考えているから革新的技術は期待しにくい。トヨタが二十年以上をかけ、試行錯誤の末にハイブリッドを開発したのと対照的である。

血の出るような研究開発を怠ったから、石油高騰《こうとう》などを機に燃費の悪いGM車は売れなくなった。技術不足を糊塗《こと》しつつ売上げだけは確保しようと、強欲な労組と一緒になって禁じ手ともいえる政治家へのロビー活動に励んだ。例えば日本車の自主規制を十数年にわたり続けさせたり、もっとも得意とするピックアップトラックには燃費規制を甘くしたりした。世渡り術でもっていただけだから世界大不況が来なくとも破綻は時間の問題であった。

ＧＭは国有企業となったが再建は難しいはずである。いかに強引に工場を閉鎖し人員を削減しようと、売るべき商品がないからである。

株主至上主義はモノ作りにとって最も大切な技術力、そして魅力ある商品を地道に作り続けるという魂までをも腐蝕《ふしょく》する。株主至上主義の本場である米英でモノ作りがほぼ壊滅したのを見ればそれは明らかであろう。

（二〇〇九年七月二三日号）

第二章　日本の底力

『国家の品格』の著者の品格

『国家の品格』を書いてから行動が不自由になった。『若き数学者のアメリカ』以来三十年間隠しに隠した顔が知られてしまったこともあるが、一番の原因は題名である。私が何か不祥事でもしでかしたら、週刊新潮あたりがまっさきに「『国家の品格』の著者の品格」という題で書き立てそうだからである。不祥事といえばカネと女に決まっている。カネの方は父親譲りの清潔で心配していないが、女の方は父親に似ず不潔だから用心している。

まず女性と一対一で会うことを極力避けるようにしている。話しているうちに相手が私への募る思いを抑え切れなくなり不測の行動に出る恐れがあるからである。高校生の頃、母から「男女交際はグループ交際以外は許しません」と釘《くぎ》をさされていたが、今はその通りにしている。母にほめられそうだ。女性の編集者や記者や教え子などに一対一で会わなければいけない場合はレストランや喫茶店に入っても、できるだけ目立たぬ席でできたら私が壁に向かうように坐《すわ》る。特に相手が若くかつ美しい場合は気を使う。周囲の人々がお似合いのカップルと思う可能性が高いからである。

旅先でも用心する。

外国、特に欧米では気を使う。顔が欧米向けなのか日本ではとんとだめでも向うではもてるからである。エレベーターで若い女性と二人だけになったりすると緊張で身体《からだ》が強張《こわば》る。

かなり前だがパリで妙齢の美女にエレベーター内で手ごめにされそうになったからである。一分間ほど会話が弾んだだけで私の魅力をいみじくも見抜いた彼女が、吸い寄せられたかのごとく私に続いてエレベーターを降りついて来たのである。冗談かと思ったが本気でついて来るのを見て慌《あわ》てた私が、高校時代にサッカー部で鍛えた駿足《しゅんそく》で全力疾走をしたらやっと諦《あきら》めてくれた。部屋に着きドアを必死に叩《たた》いたら新婚旅行中の女房が戸を開け「息せき切ってどうしたの」と言う。「君に一刻も早く会いたくて走って来た」とでまかせを言ったら「うれしい」と首にとびついてきた。

最近はハニートラップにも充分注意する。

一昨年中国へ行った時は、念の為《ため》と女房を連れて行った。激しく迫るチャイナドレスの魅力に負ける自信があったからである。鬼のような女房が控えているのを察知したのだろう、さすがのチャイナドレスも恐れおののいた。ひそかに心待ちにしていた深夜のドアノックは一度もなかった。

これだけ万事に警戒していれば何も起きないのは当然だ。近頃、何のために生きているのかよく分らなくなった。


（二〇〇九年七月三〇日号）

文化人の世渡り術

終戦後、GHQは「戦前の日本は軍部の支配下で真っ暗だった」という神話をばらまいた。そんな真っ暗闇《まくらやみ》であえいでいた日本人を解放するため、アメリカが軍部を壊滅し自由と民主主義をもたらしたという筋書きである。

自由と民主主義について言えば、我が国には不完全ながらも大正デモクラシーがあり、日中戦争の始まる頃まで共産主義者以外には自由と民主主義がほぼ確保されていた。アメリカの置土産ではない。

また真っ暗なはずの戦前も、その時代を知る人々によると東京のカフェーやダンスホールは若い男女で一杯だったし、本屋は立読みの人で一杯だったらしい。デパートには豊富な商品が並び物珍らし気にキョロキョロするお上りさんやハイカラな人々でにぎわっていた。夏の上高地は登山客や家族連れの温泉客でごった返し、お祭りや縁日にはゆかた姿があふれていた。

「戦前真っ暗」はあっという間に我が国に定着した。戦後文化人といわれる人々が言い触らしたからである。そう言うことで彼等は自分が軍国主義に反対だった、むしろ犠牲者だった、それに比べ今の世はアメリカのおかげで明るくすばらしい、とほのめかした。GHQに媚《こ》び、新聞、雑誌、放送などの事前検閲により洗脳された戦後民主社会に迎合し、うまく世を渡ったのである。文化人は器用である。

一九九〇年代から「市場原理を徹底すべし」と主張してきたエコノミストや評論家が大勢いた。何かにつけて規制緩和、官から民へ、小さな政府を言い立てていた。中には「日本はイギリスやアイルランドのように資本市場を開放し金融大国になれ。モノ作りから脱却せよ」と亡国的発言をした有名教授もいた。構造改革を主導したうえ、「日本郵政は米国の金融機関を救うために出資しろ」と二〇〇七年になって郵政改革の本音をもらした経済閣僚経験者もいた。「市場原理を徹底するためには日本の社会や日本人のものの考え方を変えるべし」と恐るべきことを言った有名経済学者もいた。

これらエコノミストや評論家が盲信した市場原理主義はリーマンショックとともに

に破綻《はたん》し、手本としたアメリカは今や市場にまかすどころか逆方向、すなわち規制強化、大きな政府、民から官へ、と大童《おおわらわ》である。最大級のGMやAIGさえ国有化した。

形勢悪しと黙っていた彼等が「留学中についアメリカにかぶれてしまった」と言い訳をしたり「悪かったのは市場原理主義ではなくリスク管理を怠った経営者だ」とか「不況の最大原因は市場原理主義の破綻というより円高」などと責任転嫁《てんか》を唱え始めた。マスコミは日本をミスリードするという大罪を犯したこれらエコノミストに鉄槌《てっつい》を下すどころか、以前と同じように発言の場を与えている。大甘な日本で彼等は今後も弁舌巧みに世を渡り切るだろう。文化人は器用である。

（二〇〇九年八月六日号）

政治家は迎合せず愚弄《ぐろう》せず

選挙のたびにマニフェストが各党から発表される。

十年前にこんな言葉を聞いたことがなかったが、どうやら議会制民主主義の本場イギリスの真似《まね》らしい。イギリスの政治はそんなに素晴らしいのか。二十世紀を通して斜陽経済をかたくなに守り、ここ十数年は市場原理主義にうつつをぬかした挙句、底なしの不況に陥った国である。戦後いくつかの戦争をし、大義なきイラク戦争ではアメリカを強力無比に支持した国である。いずれにせよ、選挙公約という立派な日本語があるのだから安易なカタカナ語を使わない方がよい。

内容の方はさらに気に食わない。国民の歓心を買うような文句ばかりが並んでいるからである。国民のご機嫌とり競争としか映らない。

歓心を集めるスローガンとは賛成が多く反対者がせいぜい一割までのもの、と心得ているようでそういった文句ばかりが並ぶ。「国家情報本部の設置とスパイ防止法の制定」などというのは外交、経済、安全保障に不可欠にもかかわらず反対が五割近くになりそうだから、出てこない。

国民の歓心を買うというのは危険をはらむ。国民が政府を熱狂的に支持して十年後に国が潰《つぶ》れてしまうといったことさえある。前大戦のドイツや日本はそうだった。どちらの国でも、国民は軍部にだまされていたのではなく、政府や軍部と一丸になって戦ったのだ。

国民の素朴な感情に迎合しないことが真の政治ではないのか。そもそも普通使われる意味での国民とは現在この国に住む人々にすぎない。国家とはこれまでのすべての国民、これからのすべての国民のものでもある。従って政治家の頭には国民ばかりでなく国家もなくてはならない。国家のため国民に耐乏生活を強いることもありうるし、時には嘘《うそ》をついて国民を欺《あざむ》かなければならないこともありうる。

日本人は戦術にすぐれるが戦略に劣るとよく言われる。士官は世界一だが大将は愚かとも言われる。マニフェストを見ても戦術ばかり、すなわち当面の問題に対する具体策ばかりである。足下を照らすより行く先を明るく照らすような言葉、大局観が欲しい。経済状況で容易に左右される数値目標を掲げたり、「国民の生活が一番」などと無意味なことを言ったり、「これをタダにする、あれをタダにする」などとバラマキばかりではどうしようもない。北朝鮮が核を持ち、同盟国アメリカが、核ミサイルを日本に向けたままの中国と蜜月《みつげつ》状態になりつつある今、日本の防衛をどう考えるのかという最重要問題についてほとんどの政党が触れないのは不可解である。

つまらぬ甘言で票を得ようとするのは国民を愚弄している。政治家は国民に迎合してもいけないし愚弄してもいけない。

（二〇〇九年八月一三・二〇日号）

二十センチの攻防

女子大を定年となりセクハラへの気づかいから解放された。アメリカの大学で教えていた一九七〇年代、ハラスメントといういやがらせ一般をさす言葉があった。そこからセクハラが独立し八〇年代末に日本に輸入されたらしい。これがあるから私は三十年来、研究室に学生がいる限り必らず扉を開放することにしていた。妙な疑いや言いがかりを封ずるためである。だから私の部屋は夏暖かく冬涼しかった。

私の奉職していた女子大はセクハラに敏感で、男性教官が学生と大学外で一対一で会うことさえ禁じていた。教官に誘われた学生は気が進まなくとも断りにくい、という理由から外で会うこと自体がセクハラとされたのである。だから学生と食事する時は必らず複数を誘った。ただ学生の論文提出が迫った時などはその規則を無視した。学生を講演前のホテルのロビーや自宅近くの喫茶店に呼び出し指導したことは何度もある。何かの拍子で学生が大学に訴え出れば大事となるが、そうなっても構わない、教育上の配慮を優先すべきと思ったからである。

こう言うといかにも毅然《きぜん》としていたようだが実はそうでもなかった。研究室を訪れる学生の目的はいろいろである。学問上の質問から、単位の交渉、人生相談、著書へのサインをもらいに来る者までいる。そう言えばなぜか息子の写真を見せてくれと言って来た者もいた。

単位の交渉がもっとも気が疲れる。卒業とか進級がかかっている場合などはかなり積極的というか半ば死に者狂いだからである。「試験で失敗したのですが、単位を下さるならどんなことでもします」などと言うのもいる。「どんなことでも」の意味は不明瞭《ふめいりょう》だが、明瞭にしようとすることはすでに立派なセクハラだから「もう成績表を事務に提出してしまいました」などと言って早々に引き下がってもらう。

見たことのない学生がふらりと現れることもある。こういう者とは立話しかしないことにしていたが、ときどき私との距離をなぜか不当に縮める者がいた。私にとって顔と顔は八十センチ以上離れた方が快適なのだが、ある時研究室に私を訪れた学生は六十センチにこだわるという妙な癖があった。六十センチと言えば吐息のかかりそうな距離で準セクハラ状態だ。距離をつめられ焦《あせ》った私はあわてて二十センチ後退する。すると彼女はすぐにその距離だけ前に踏み出しまた私を見つめる。二十秒ほどして息苦しくなった私が再び二十センチ後ずさりする。向うはやめない。追いつめられては脱出しをくり返し、私は数式を書きなぐった用紙だらけの机の周りを何周かした。授業時間が来たのでやっと九死に一生を得た。視力か距離感覚に問題のある学生だったのか、単なるミーハーか、それとも私を陥《おとしい》れる秘命を帯びた工作員だったのか今も分らない。

（二〇〇九年八月二七日号）

日本人の誇り「UKIYOE」

ローマをぼんやり歩いていたらUKIYOEの字が目に入った。見ると歌川広重展だった。大したことはあるまいと思ったが、広重に関心を示すイタリア人とはどんな人々なのだろう、と考えると興味がわいてそのまま入館してしまった。日本的情趣をこらした会場には広重の作品が百点以上も集められていた。日本的情趣の方はステロタイプでどうということもなかったが、作品群はすばらしかった。浮世絵は当地で人気があるのか会場にはかなりの数の人々が集まっていた。街で見かけないような紳士淑女ばかりでびっくりした。彼等もまた、ローマで広重を見る日本人に興味がわいたのかじろじろ私を見た。

浮世絵のフランス印象派への強烈な影響についてはよく知られている。とりわけ広重のものは彼等を夢中にさせたらしいが、その理由がこの展覧会でよく分った。

ゴッホが模写したという名所江戸百景の「大はしあたけの夕立」は、中学生の頃におそらく歴史の教科書でちらと見た覚えがあるが、よくよく見ると驚くべきものだった。橋の上で夕立に逃げまどう旅人達の絵だが、斜めにたたきつける雨脚が黒や灰色の直線で描き分けられているうえ、それらはよく見ると平行線でない。どっしり描かれた橋桁《はしげた》の「静」が逃げまどう人々やしのつく雨の「動」と見事な対比をなしている。何もかも発想が奔放である。

他にも突風で菅笠《すげがさ》が頭から飛ばされ車輪のように転がって行くのを腰を曲げ手を伸ばし必死に追いかける旅人の絵とか、凧揚《たこあ》げに興ずる子供達の頭上の、糸が切れてフラフラと飛んでいる凧の絵など、何とも言えない人情味とユーモアがある。

さらに感心したのは「はねたのわたし弁天の社《やしろ》」という絵だ。舟客となっている自分の眼前の巨大な船頭の腕と脚と櫓《ろ》、そしてその三つのものに囲まれた空間のはるか向うに見える山々を描いた絵である。しかもその脚に毛がポツポツと生えている。

浮世絵をこれほど丹念に見たのは初めてだった。とにかくお話にならないような大胆な構図、そして動と静、明と暗の処理に見せる芸の細かさには心からたまげた。

この独創性そしてユーモアは何としたことか。ゴッホ、モネー、セザンヌなど印象派の人々が驚倒し夢中で模写したのがよく分る。日本人である私までが驚倒したのだ。

展覧会場を後に私は、久し振りに「どうだ日本人だ、文句あるか」の気分でローマの街を肩で風を切って歩いた。

（二〇〇九年九月三日号）

ガクモンにホルモンは不要

三十年ほど前の夏にハワイを訪れた。着いた時の印象は「楽園」だった。この印象は滞在中ずっと続いた。めくるめく陽光が至る所にあふれ心地よい潮風が吹いている。大通りの左右には背の高いヤシが青い空に伸び両側には豪華な近代的ホテルや瀟洒《しょうしゃ》なレストランが立並ぶ。原色をまとった人々の横を原色のオープンカーが疾走する。スーパーには色とりどりの新鮮な野菜や果物が山のように積まれている。浜辺は陽に焼けた身体《からだ》を最小限のビキニで包みたわむれる娘達でいっぱいだった。男達もいたかも知れない。

この島を離れる時の印象は「ここでは数学はできない」だった。この島で深い思索は不可能である。「ホルモン」が出過ぎてしまうからだ。この島を楽園たらしめているすべての快楽が「ホルモン」の分泌《ぶんぴつ》を促してしまう。知的活動にこの「ホルモン」は不要である。むしろ禁物である。

戦後だけでノーベル賞やフィールズ賞（数学におけるノーベル賞）受賞者が五十名近く輩出しているケンブリッジ大学を考えればそれは分る。北緯五十二度のケンブリッジは四季を通じて雨がちで、めくるめく陽光の降り注いだことは歴史上一度もない。ビキニ娘は何十キロ彼方《かなた》まで目を皿にして探してもいず、中世のような街並には青白くひょろっとした男達が黒い服を着て考えこみながら速足で歩くばかりである。娘達もいたかも知れない。ホテルはくすんだ色でレストランはまずく、市場には元気のない割に値段の高い輸入野菜や果物がそろっている。研究にはもってこいの条件がそろっている。

私自身、これまでの人生の中でケンブリッジ時代に研究がもっともよく進んだ。「ホルモン」がただの一滴も出ないのだから全神経を数学に向けるほかなかったのである。

ケンブリッジに限らず、学問の中心地は大まかに言えばそんな所ばかりだ。ドイツはイギリスと似たようなものだし、他の欧米諸国だって、学問が盛んなのは陽光あふれる地中海やカリブ海や黒海の沿岸でなく、大ていは情ない太陽にみじめな気候、ビキニ娘もいない北部ばかりである。「ホルモン」欠如地帯である。

我が国の子供達の学力が落ちているという。小中高の生徒は今、テレビ、インターネット、ケータイでいつでも映像やゲームを楽しむことができ、腹が減ればいつでもおいしいものを飲食できる。男女交際もとことん進んだ。親も先生も理解ある人ばかりで勉強や規律を厳しく叩《たた》きこむ人もいないから子供達は自由を満喫している。一言で言うと子供達は常時ハワイにいるようなものでホルモンが出っぱなしなのだ。これでは学力低下もやむをえまい。

（二〇〇九年九月一〇日号）

自国でノーベル賞をまかなえる国

昨年のノーベル物理学賞は三人の日本人学者に与えられたが、そのうちの益川敏英氏が興味あることを言われた。「私は海外へ行ったことが一度もない」「私は英語ができません」である。

実際、授賞式のためストックホルムへ行ったのが彼の初めての海外渡航となり、そこではスピーチを堂々と日本語で行なった。マスコミはこれを、誰もが海外へ行く時代に一流の学者が行ったことがないという意外さ、世界中の耳目の集まる授賞式で日本語を話すという潔《いさぎよ》さ、として報道した。ノーベル賞学者でも英語ができないのだから自分ができないのも当然、と慰められた人もいたかも知れない。

発言の真意は他にある。「外国に行かなくともノーベル賞はとれる」である。外国への留学をハクと考えたり、幼児から英語などと浮かれている現状への痛烈な皮肉がこめられているかも知れない。

小学校から大学院までの全教育を国内で終え、そのまま国内で研究しノーベル賞をとる、というのは日本と米英仏独露などを除いてほとんどないことである。アジアにおける自然科学のノーベル賞は日本が十三人で、他は中国、インド、台湾など併せて九人である。日本人受賞者のほとんどが国内で大学院までの教育を終えたのに反し、他国ではほとんどが欧米で高等教育を受け、引き続き欧米の機関で研究を行なっている。益川氏のように教育ばかりか研究まですべて国内でまかなわれたというのは、それだけ注目すべき現象なのである。

実は、国内で純粋培養されノーベル賞をとったのは益川氏だけではない。湯川秀《ひで》樹《き》氏や福井謙一氏も、ノーベル賞の対象となった論文を書くまでは一度も日本を出ていない。数学者の小平邦彦氏もフィールズ賞に結びつく仕事のほとんどをなしとげるまでは日本にいた。日本の底力である。しかし図に乗ってはいけない。ノーベル賞やフィールズ賞の獲得は、獲得の三十年前までの教育や研究水準の高さを映しているからである。

近年の我が国の生徒達の学力低下は国際テストに表れている通りだし、大学生のふがいなさはすべての大学教官のこぼすところである。また数年前から国立大学の予算が毎年減らされていて、すでに一人当たりＧＤＰに比べた高等教育費は先進国中最低となっている。責任を転嫁《てんか》しようと文科省や経産省などは、十年ほど前から産学連携ばかりを叫んでいる。その結果、大学では資金導入のため産業界の役に立ちそうな研究ばかりが強調され、当然ながら学生や研究者は餌《えさ》に群がるようにそうした分野に集まるようになった。このため基礎科学のごとくすぐには役立たない分野は気息奄々《きそくえんえん》となっている。

このままでは早晩、日本も自国でノーベル賞をまかなえない普通の国となってしまうだろう。

（二〇〇九年九月一七日号）

武士道の国のサッカー

中学高校の六年間、私はサッカー部の中心選手として数十試合に出場した。ゴールネットのはるか上空を突き刺す強烈なシュート、味方には目もくれず華麗な足技で敵を二人三人と抜き最後にボールを取られる、などが得意技であった。自慢は、相手選手と私との中間にあるボールにいつも正面衝突を恐れずものすごい形相で猛突進したことである。そうするとほとんど常に相手がおじけ、私のボールとなった。当時の高校サッカー界で、西の釜本《かまもと》、東の藤原、といえば世間はともかく家族の者だけはよく知っていた。

以来サッカーファンだが、最近見るのが少々いやになった。相手選手のシャツや腕をちょこっと引張る者が後を絶たないからである。大多数の選手が常習的に行っているように見える。日本だけでなく世界中の選手がやっている。

私がサッカーをしている頃、シャツを引張ったりする行為はまず見られなかった。もし私のシャツを引張るような卑怯者《ひきょうもの》がいたら、私はその場で相手につかみかかったかも知れない。

無論今もシャツを引張るのは禁止されている。相手選手の微妙なボディバランスを一瞬崩すことができるから効果的だし、余程ひどくない限り反則をとらないから横行するのである。

先日、ドイツからJリーグに移籍したオーストラリア選手が「ドイツに比べ日本ではシャツをよく引張られる」と言っていた。これほど恥ずかしい思いをしたことは近頃ない。日本人のマナーや道徳心の高さは海外でもよく知られているが、その伝統が不埒《ふらち》なサッカー選手達により台無しにされつつあると感じたからである。

原因はここ二十年間ほどに来日した多くの南米選手であろう。彼等の高い技術のおかげで、日本サッカーの技術は小学生からプロに至るまで目覚ましく向上した。四、五十年前までのいかなる大学チームも、いや全日本ですら、現在の全国高校サッカー選手権の県代表には恐らくなれまい。

ところが日本人は技術と同時にマナーまで真似《まね》てしまったようだ。シャツを引張る以外にも、足を引掛けたり、レフェリーに隠れて相手を手で押したり引いたり、相手に暴言どころか唾《つば》を吐きかける者までいるらしい。フリーキックをもらおうと、蹴《け》とばされてもいないのにグラウンドに倒れ七転八倒の激痛演技をする者もいる。こういうのに限って苦悶《くもん》の表情で立上がった直後に恥ずかし気もなく全力疾走したりする。

悪の温床となったサッカーに栄光を取り戻すため、卑劣漢は容赦なく罰すべきである。世界中が薄汚いサッカーをしようと、武士道の国日本だけは、世界中に負け続けてもよいからフェアーに行きたいものだ。

（二〇〇九年九月二四日号）

鋳物師屋《いもじや》のドラマ

茅野《ちの》市内から蓼科《たてしな》へ向かうビーナスラインを家族と車で走った。左前方に小学校が見えた。母方の祖父が校長をしていた米沢《よねざわ》小学校だ。つい三十年前までは明治に建てられた美しい木造二階建てだったが、今は御多分にもれずつまらぬコンクリート造りである。

そのすぐ手前が鋳物師屋という小さな集落である。この辺りを通るたびに私はいろいろの思いにとらわれる。ここは私達夫婦の仲人《なこうど》をしていただいたフィールズ賞受賞者の小平邦彦先生の地元である。ここで生まれた御父上の小平権一氏は戦前、農林次官として活躍した人物で、私の祖父の兄にあたる気象学者藤原咲平とは小学校から大学まで一緒である。この縁で藤原咲平が小平邦彦先生御夫妻の仲人を務めた。

東京の空襲が激しくなった昭和二十年、若き助教授だった小平邦彦先生の世話で、東大の数学科と物理学科は諏訪《すわ》に疎開《そかい》した。御父上の生家に移られた先生には私と同じ年の長男がいたが、終戦直後の貧しさにより難病への充分な治療も受けられぬままこの古屋で三歳八カ月の生を終えた。先生は死の床に横たわる長男の傍で、南京虫《ナンキンむし》に悩まされながら、発表するあてもない数学論文を一心不乱に書いていた。

この論文は進駐軍の手を経てプリンストン高等研究所のワイル教授に届けられた。先生のプリンストン行き、そして六年後のフィールズ賞受賞に結びつく大論文だった。先生御自身、あんなことが何故《なぜ》あんな時にできたのか自分でも分らない、と晩年におっしゃっておられた。先生の奥様は亡《な》くなるまで御長男の話がでるたびに涙ぐまれていた。

小平先生の住んだ古屋のそばに安倍《あべ》亮さんが住んでいた。文部大臣や学習院長を務めた安倍能成《よししげ》氏の長男であり天才的な数学者でもあった。

安倍亮さんの母親は、「巌頭之感」を書き残し華厳《けごん》の滝に投身した一高生藤村操の妹である。小平邦彦先生と安倍亮さんとは同年の友人であり夫人同士が姉妹だったから近所に住むことになった。小平先生が「あんなに頭のいい人は見たことがない」と口癖に言われていた人だったが、終戦前後の過労と栄養不足からここ鋳物師屋で三十一歳の生涯を終えた。三十八篇の論文を残していた。

私は車を運転しながらそんな話を夢中でしていた。私の故郷が単なる田んぼと畑だけではないことを伝えたかった。女房と息子達は、自分達の生れるはるか前の田舎村で起きた数学ドラマなどに興味がないのか、私の熱弁に何の反応もしなかった。少し苛立《いらだ》った私は「ほら、あの山はおばあちゃんが明治末期、はかま姿で八キロの道を歩いて女学校へ通う時に越えた山だ」と声を上げたが同じことだった。「昔」はこうして消えて行くのだろう。

車はお目当ての北欧料理店に到着した。駐車場の脇《わき》にはホタルブクロが晩夏の風に重そうに揺れていた。

（二〇〇九年一〇月一日号）

人間みな知能犯

大学四年生の三男が六歳上の長男に言った。

「兄貴はずるい。僕が小さい頃はさんざんいじめたくせに、中学生になりこちらが強くなると急に殴ったりしなくなったんだから」

思い起こすと次男である私と三歳上の兄との関係も同じだった。そう言えばアメリカにいた頃、女友達の弟で図体《ずうたい》ばかり大きな十五歳の中学生が三歳上の兄についても同じことをぼやいていた。世界中の兄弟は大体似たようなものなのだろう。

三男が言った。

「僕が小学校低学年の頃など、兄貴は僕に腹を立てると、関係あることないこと、僕の怒りそうなことを次々に並べるんだ。我慢できなくなった僕が殴りかかると待ってましたとばかりにボコボコにするんだからね」

私が「そう言えばそんなこともあったな」と言うと、三男は「いつもそうだったんだよ。親の見えない所でイヤ味を連発し、親の面前で僕が殴りかかるよう仕向けるんだ。親は僕が先に手を出す所しか見ていないから殴り返されても仕方ないと思っちゃう。まったくの知能犯だよ」。

私は三男に言った。

「少しでも頭のある人間は世界中、知能犯だよ。いつでも自分が先に手を出さなかったように、自分が被害者のように装《よそお》うものだ。昭和六年の満州事変では、関東軍が柳条湖での自作自演の線路爆破を中国の仕業のように見せかけ、それを口実に全満州を占領してしまった。ベトナム戦争においてだって、アメリカは米駆逐艦が北ベトナム軍に攻撃されたというトンキン湾事件をでっち上げ、北爆などの本格的軍事介入に踏み切った。日米戦争だって同じさ。昭和十六年、日本のインドシナ半島南部への進攻を見たアメリカは、なんとアメリカにある日本資産を凍結し、鉄鋼や石油を全面禁輸した。鉄や油のほとんどをアメリカに依存していた日本はこのままでは早晩生きて行けなくなる。その上ハルノートで、日本はインドシナと中国から全面撤退しろと最後通牒《つうちょう》を突きつけた。日米間に戦争になるほどの対立は何もなかったのにだよ。アメリカを侵略しようなどと思っていた日本人は一人もいないのに、しつこいいじわるを繰返され殴りかからざるを得なくなったんだ。ドイツに負けそうな英ソを助けたいアメリカは、世界の見ている前で日本に最初の一発を撃たせ、アメリカ国民の憤激を煽《あお》り、大戦に参戦しようと企《たくら》んだ。その罠《わな》に日本ははまったのさ。そう、お前の兄貴は人間とは何かを教えてくれた恩人なのだ」

三男はどこか腑《ふ》に落ちないように首を一ひねりした。

（二〇〇九年一〇月八日号）

引分け四連敗

私が結婚したのは三十五歳だった。同級生の中では最も遅い方である。出遅れたのは私がもてなかったせいではない。二十代末という適齢期に渡米し、三年間も向うで暮らしていたせいである。しかも旅立つ前に父から、「毛唐との結婚だけは許さんぞ」と釘《くぎ》を刺されたせいである。この言葉がなかったら、向うにもガールフレンドがいたから、アメリカ人と結婚していたかも知れない。

帰国するや父は、責任を感じたのかしきりにお見合いを勧めた。「そんなもの必要ないよ。結婚相手くらい自分で探せるよ」と言う私に、父は威儀を正して「いやお前に相手を探せるわけがない。俺の息子がもてるわけがないのだ」と一方的に決めつけた。父とは似ても似つかないほどセクシーと思っている私は大いに心外だったが、ひとまず父の勧める見合いに応じることになった。

白ユリのように美しく清純な人だった。文学少女、とりわけ漱石《そうせき》の好きな人だった。私は好感を持ったし、彼女も私のことを好いてくれたがうまく結婚まで至らなかった。帰国早々の私は心がまだアメリカに残っていて結婚を早急に決断できなかったのである。

二番目に会った人は、私とデートを三回ほど重ね私の人間性を見極めてから断ってきた。「私にはとてもお偉すぎて」という理由だった。断られたのだが「やっぱり俺って偉かったんだあ」と少しうれしかった。

三番目と四番目の人も一、二度デートしてからやはり「私にはとてもお偉すぎて」と中に立った人を通して断ってきた。ここに至って初めて、断る時の常套句《じょうとうく》と知った私は少々傷ついた。五番目の人は文句なしの美人だった。しかも目も眩《くら》むグラマーだった。慧眼《けいがん》の彼女はお見合いだけで私の本質を見抜いたらしく、その後一度も会ってくれなかった。

私はこれでお見合いをやめた。一引分け四連敗だった。私は「俺の魅力と可能性は小娘にはとうてい推し量れないのだ」と自らを慰めた。父は「三十四歳になっても結婚できないお前を考えると可哀《かわい》そうで涙が出てくるよ」と言った。ものに動じない母は「女なんて掃いて捨てるほどいるから何てことないわよ」と笑っていた。母の言う通り、その後間もなくトンマな女房がうまくだまされて結婚してくれた。
　五人の女性達が今どうしているかは時々気になる。特に一引分けの人は気になる。女房さえ認めようとしない私の価値を認めてくれた人である。あと半年ほど遅い時期、アメリカを忘れた頃に会っていたら、などと考える事もある。でも結婚していたらやはり今頃、女房のように「耐え難きを耐えた三十年の結婚生活」などと言っているのかも知れない。

（二〇〇九年一〇月一五日号）

第三章　政治家の役割

前提なくして結論なし

十数年前、ワイルズ教授は三百六十年間未解決だったフェルマー予想を解決したと発表した。七年間にわたる苦闘の末だった。ところがしばらくして二百ページ近い論文の一カ所に穴が発見された。数学では二百ページの大論文であろうとほんの一カ所でも間違いがあれば全体が紙屑《かみくず》となる。死に物狂いとなった彼は一年間の呻《しん》吟《ぎん》の末、岩澤理論を用いることで困難をやっと解消した。論文には一点の曇りもなくなり、彼の歴史的名声が確定した。

数学において、いや理系一般において、前提から始まり結論に至る過程は、論理の鎖でつながった一体のものである。一カ所でも鎖が切れていたり一つでも前提が満たされなかったら全体が崩れる。

鳩山《はとやま》首相は国連で「日本は温室効果ガスを二〇二〇年までに一九九〇年比二十五

%削減することを目指す」と明言し満場の大喝采《だいかっさい》を浴びた。

これがどの程度の困難を伴うものか不明だが、二〇〇五年比で三十%になるというから麻生《あそう》政権の十五%、EUの十三%と比較しても突出していることだけは明《めい》瞭《りょう》である。日本の産業界がすでに世界でも抜群の省エネを達成していることを思うと尚《なお》さらである。今でも重い環境投資負担はさらに重くなり、現在でも毎年数千億円の排出権購入は兆をこす巨額のものとなるだろう。米英仏露中などの首脳がこぞって絶賛したことも気味が悪い。世界は利害得失のみで動いていて、友愛で動くのは日本だけだからである。

首相は絶賛の嵐《あらし》に大分気をよくしたようだが、日本が一方的に損をするという余りにうれしい演説に、腹黒い人々が退路を断つべく満身の力をこめて拍手したととるべきだ。排出量削減目標とは将来の経済成長の枠を決めることなのだ。

もちろん鳩山首相も警戒心はもっている。だからこそ「主要国の参加が前提」と付け加えた。首相は理系の人だ。この前提が満たされなければ約束は当然反古《ほご》になると信じている。理系のすべての人がそう考える。問題は世界中のほとんどすべての人が理系でないということだ。

いつか前提は忘れられ、必ず二十五％が独り歩きする。前提が満たされなかったから約束は反古にする、といつの日か言ったら、公約を守らない国として日本に対する信頼は地に堕《お》ちるだろう。鳩山首相の国際デビュー土産としては高価すぎたが悔んでも仕方ない。転んでもタダで起きないことが大切だ。二十五％を目指し国運をかけて技術革新に励み、他国を寄せつけない高技術の一大輸出産業を育てることである。同時に、前提を機会ある毎《ごと》に言い続けることだ。保険としてである。そして何より、膨大なガスを悪びれもせずたれ流し続け、排出量削減に最も後向きかつ不誠実な米中を強く牽制《けんせい》し続けるためにである。

（二〇〇九年一〇月二二日号）

選挙の遺物

大学院を出てすぐに都立大理学部助手となった私は教職員組合に加入した。助手はみな入っている、と先輩から勧められるままに入った。そんな私が二年後になぜか中央執行委員に選ばれた。組合幹部となった私はつまらぬ打合せや学長団交などに何度か付き合わされた。私は終始黙っていたが、一度だけ発言を求めた。恒例の賃上げ闘争で掲げられたスローガンに、賃上げ以外の「大学管理法反対」とか「日米安保粉砕」などが含まれていたからだ。

「賃上げ以外のスローガンが入っているのは何故《なぜ》か。賃上げには賛成でも他には反対という組合員も大勢いるのでは」

と委員長に食い下がったのである。

先日の総選挙における各党のマニフェストでもいくつもの政策が列挙されていた。

ある党の政策すべてに心から賛成という人は洗脳でもされない限りまずいない。例えば民主党のマニフェストに意見の分れそうな政策が三十あげてあったとし、その各々《おのおの》につき賛成、反対、どちらでもないのどれかを選ぶとすると、選び方は全部で何と百兆通り以上になる。すなわち民主党に票を入れた数千万有権者のうち、マニフェストに対して同じ賛否を示した人は誰一人いず、完全にバラバラとなっている可能性が高いのである。

まして今回の民主党の大勝は、死に体となった自民党に国民が愛想をつかしたためである。政権与党となった民主党が銘記すべきは、国民の圧倒的支持を得たのは政権交代であり、マニフェストではないということだ。もっとはっきり言えば、民主党のマニフェストのすべてに反対だが政権交代には賛成だから民主党に票を入れた、という人もいたに違いないということだ。そもそも大多数は長たらしいマニフェストなど読んでいない。民主党は信任を受けたが、そのマニフェストは信任を受けたわけではない。黄門様の印籠《いんろう》とはならないのである。

万年野党とは政治批判のプロであり政治運営のアマである。民主党には、政権について初めて見えてくる現実も多々あろう。ゆめゆめマニフェストを一つ一つ着実に実行することが国民との約束などと気張らないことである。

民主党は政権獲得以来、温室効果ガス二十五％削減、東アジア共同体、非核三原則堅持、夫婦別姓と、議論の煮詰まっていない大問題を矢継早に掲げ、浮き足立ったまま突っ走っている。この異様な光景を見ていると、小泉竹中政権がもたらした災禍以上の害を我が国にもたらす懸念《けねん》さえ持ってしまう。選挙の熱狂の遺物ともいえるマニフェストを一旦置き、深呼吸をし、国益とか国柄について見つめ直す方がよいだろう。

（二〇〇九年一〇月二九日号）

落とし所

ものごとには落とし所というものがある。特に会議などではそうだ。皆が同意見というようなことはもともと会議を開かなくてもよいのだから、会議では大てい意見が分れることになる。よいリーダーとはこんな時に誰もが「まあまあ納得」する結論に導く人である。落とし所を間違わない人である。

数学者にはバランス感覚の稀薄《きはく》な者がよく見られる。バランスなどを気にしていたら、一点突破を目指し寝ても覚めても猛進を重ねるような数学研究はうまく行かないからだ。だから数学者の会議ではそれぞれが勝手なことを発言しがちである。概して損得にうというえ、穏当な結論ではつまらないと思ったり、独創的な意見こそ価値があると思う者までがいて話がまとまらない。人事に関する投票を○か×でさせたら、数十個の小さな×で大きな○を描いて出した者もいた。

フィールズ賞の小平邦彦先生はかつて「数学教室に民主主義はあわない」との名言を残された。

ある大学の数学教室の長老教授は落とし所を摑《つか》むのが実にうまかった。皆の意見を十分に聞いた後で「それでは御意見も出尽したようですので」と言って結論を出すのである。いつも自分が最初から持っていた結論だった。この教授が我田引水することはありえない、と皆は知っていたから多少の不服はあってもそれに従ったのである。

ある期間加わっていたことのある委員会にもうまい議長がいた。自分の損するようなことは決してしたり言ったりしない人物だったが、落とし所に誘導するのに長《た》けていた。自分と違う意見が出されると、決して否定したりせず、やんわりとその効果を減殺《げんさい》するようなコメントをちょこっと挟む。例えば私がいつものように英知機知頓知《とんち》に富んだ卓抜な意見を雄弁に語ると、「これはまた元気のよい意見が出ましたな、ウフフ」などとやる。人々は「元気はよいが現実的でない」という印象を持ってしまう。これで私は何度も煮え湯を飲まされた。こうして彼の意見と近いものが生き残る。対決を避けるソフトな手綱さばきは見事だった。

様々な国の人が集まる会議の議長としては、イギリス人がうまかった。原理原則にこだわるドイツ人や論理をまくしたてるフランス人と比べ、理念、原理、論理などより目の前の現実を重視しバランスを大事にするのがイギリス人だった。ドイツ人のように四角張らず、フランス人のように口角泡を飛ばすわけでもなく、ユーモアをまじえ場を和ませつつ、公平に落とし所を探すのである。それでいて自分が損をしないような気配りも怠らないのだから感心する。

落とし所の分らないリーダーを持つと不幸だ。会議はいつまでも終らず、終っても不満が残るからだ。

（二〇〇九年一一月五日号）

コンプレックスが偉人を作る

フィールズ賞とかノーベル賞の受賞者をはじめ偉人と呼ばれる人々に随分会ってきた。すべて男性だったが、背がスラッと高く眉目《びもく》秀麗で明朗快活などと三拍子そろった人はまずいなかった。皆無だった。背丈が同国人の平均よりかなり低かったり、容貌《ようぼう》や風采《ふうさい》や目付きが一種異様だったり、いつも仏頂面《ぶっちょうづら》で陰気だったりと、女性にもてなさそうな人がほとんどだった。

学者ばかりではない。世界史を飾った独裁者、ナポレオン、ヒットラー、スターリンも身体《からだ》は小さかった。

外観が並であっても、強度にどもったり、手ひどい音痴だったり、運動神経が極端に悪かったりした。運動神経が悪過ぎて歩くリズムがとれず、五歩に一度スキップしながら歩くイギリス人数学者がいた。体力不足でスーツケースを持って駅の階段を上っただけで貧血を起こしてしまったノーベル賞受賞者もいた。

ベートーベン、マルクス、毛沢東は風呂《ふろ》に入らなかったから女性に嫌われたろう。経済学の天才ケインズやコンピュータという史上最大の発明をしたチューリングはホモだった。


出自や育ちにコンプレックスを感じていた人もいる。アイザック・ニュートンは生れる前に父親をなくし、三歳の時には再婚した母親が自分を家に残し出て行ってしまう、という不幸な生い立ちだった。インドの生んだ不世出の天才数学者ラマヌジャンは、ケンブリッジ大学に招聘《しょうへい》されるまでの二十六年間、その日の食物を近所の人々に無心するほどの極貧生活を送っていた。

「コンプレックスが偉人を作る」と思われてくる。

異性にもてないこと、と言っても大差ない。こう考えると私が偉人になれない理由がよく分る。幼少の頃、色白の顔、大きな瞳《ひとみ》、愛らしいえくぼ、と異常に可愛《かわい》かった。長ずるに従い容色は多少落ちたが、容貌に関して「異様」とか「気持悪い」などとはこう見えても女房から以外に言われたことはない。女房はわざと事実と反対のことを言って私の注意を引こうとしているだけだ。

満州引揚げの一年余りは北朝鮮の野山でラマヌジャン以下の生活を余儀なくされていたが、六歳時に母の『流れる星は生きている』がベストセラーになったから貧困を脱け出してしまった。

それに日本では女性にとんともてなかったが、顔がアメリカ向きなのか向うではよくもてた。女房は「計算高いアメリカ女が大学助教授という地位と高給に憧《あこが》れただけ」と切り捨てるが、それは私のすさまじいまでの魅力を知り抜いているが故《ゆえ》の嫉妬《しっと》であろう。

先日はついに二人の御婦人に「とてもよいお顔」とほめられた。六十代と七十代の女性だった。イケメンとなったことが私をますます偉人から遠ざける。


（二〇〇九年一一月一二日号）

世界経済は複雑怪奇

京都のホテルでCNN放送を聞いていたら「不況は終った」とはしゃいでいた。アメリカの二〇〇九年第3四半期のGDPが前期比プラス三・五％となり株価が世界各地で急騰《きゅうとう》したことを受けてのことだった。ここ一年ほどの欧米主要国の株価の動きは不思議である。ちょっとでもよい統計が出ると世界中ではやし立てて急伸するのである。悪いニュースには控えめな反応しかしない。だから年初来の株価指数は十月末で、大雑把にアメリカがプラス三十％、英独仏がプラス十五％と伸び、日本のTOPIXのプラス三％に比べはるかに高い上昇率だ。

とりわけ経済不況の元凶アメリカの楽観には驚かされる。第3四半期のGDPの伸びだって、オバマ政権による期限つきの財政出動によるものだ。燃費の悪い中古車を下取りに出し低燃費車を購入すると最大四十万円もらえるという自動車買い替え支援策と、住宅取得者に対する税還付とが消費を盛り上げただけである。アメリカではGDPの七割近くが個人消費だから、一時的な消費の盛り上がりがGDPを一時的に伸ばしたのだ。現に自動車買い替え支援策が八月で終わったため九月には販売台数が急減している。住宅取得支援策も終了したらその後は減るだろう。それどころではない。失業率は十%をこえ、それに伴い住宅差押さえは増え、住宅在庫は高水準のままだ。商業用不動産も市況は弱いままだから銀行など金融機関の住宅用・商業用不動産ローンのかなりはこれから不良債権化するだろう。

リーマンショック以来の諸々《もろもろ》の事情を全《すべ》て忘れれば、世界不況のきっかけとなったアメリカの不動産低迷と金融機関の膨大な不良債権は改善されていない。不良債権の総額など恐ろしくて納得のいく調査もされていない。国際金融協調によりパニックは鎮《しず》められたが、当時に比べ失業者数、財政赤字が激増した分だけ実態は悪くなっている。いつ国債バブルがはじけ、ドル暴落と大インフレが起きても不思議ではない状況だ。二度とあのような経済危機を起こさないためには金融規制、特にデリバティブ（金融派生商品）の規制が必要不可欠だが、掛声ばかりで実効性のある改革は何もされていない。倫理をなくしたアメリカの金融機関は、巨額の資金注入や低金利政策による金あまりに便乗し、今こそこれで荒稼ぎし不良債権を改善しようと、裏で猛反対しているようだ。オバマの金融規制を抜け穴だらけのザル法にしようと企《たくら》んでいる。

ヨーロッパの深刻さもアメリカと大同小異だ。中国とインドのバブルも破裂寸前だ。なのに人々は楽観的で米欧の株価は上がる。根本的改革は講じられない。一九三九年八月、すでに日独防共協定を結んでいた盟邦ドイツが、ノモンハンで日ソが交戦するさなかに独ソ不可侵条約を結んだ。平沼内閣は「欧州情勢は複雑怪奇」と言い総辞職した。翌月のヒットラーによるポーランド侵攻ですべては明白となり、世界を巻き込む六年間の大混乱が続いた。今、「世界経済は複雑怪奇」である。

（二〇〇九年一一月一九日号）

はじらいの人

子供の頃から歩くのが速かった。藤原家は武士の出である。と言っても最下級の足軽で、普段は百姓をしていたし、一朝事ある時は馬に乗った武将の横を歩いていたから、先祖代々脚だけには自信がある。そのせいか私は健脚で幼い頃から疾風怒《ど》濤《とう》のように歩いていた。仲間のだらけた歩調と合わせるのにはいつも苦労した。中学生の頃は吉祥寺駅まで一キロの道を毎朝七分半で歩いた。長じてもこの傾向は続き、独身の頃に女性とデートした時など、気が付くと相手はたいてい小走りをしていた。しばしば「ハイヒールなのですみません」などと荒い呼吸でスピード調整を頼まれた。デートで小走りしなかったのは女房だけだった。声が聞こえなくなったと思ったら五十メートルも後ろの雑踏をマイペースで歩いていた。あのまま気付かねばよかったと思うことも間々あるが、常に相手を気遣い後ろをふり返るという無類のやさしさは生来のものだから仕方ない。

三十代の頃だったか、速く歩く人には照れ屋が多いとどこかで読んだ。人々に見られるのが恥ずかしくて速く歩くのだという。ハタと膝《ひざ》を打った。私は幼少時から照れ屋だった。中学校の頃など、クラスの女子の母親に会っただけで真赤になった。父兄会でその母親からこのことを聞いた母に、「へんな子ねえ」と首をひねられた時ほど硬派の雄としての面子《メンツ》を潰《つぶ》されたことはない。

こう見えても私は羞恥《しゅうち》とはじらいの人だったのである。中学校時代、週番となった生徒は月曜の朝、教壇に立ちクラスの人々を前に、時には朝礼で全校生徒を前に話さねばならなかった。これが私にはどうしてもできなかった。いかなる犠牲を払ってでもこれを回避した。度胸がないわけではない。喧嘩《けんか》では相手がどんなに大きくとも怯《ひる》んだことはないからだ。はじらいの権化《ごんげ》たる私は公衆の面前で眠ったことさえ一度もなかった。私の美しく可憐《かれん》な寝顔を見られることが耐え難かったのである。生まれて初めてはしたなくも眠ってしまったのは高校時代、遠足の帰りの電車でだったが、目を覚ました瞬間の狼狽《ろうばい》は今でも鮮明に覚えている。

近頃、歩く速度がめっきり遅くなった。五十代半ばまで女性に追い越されたことなど一度もなかった私が時折抜かれるようになった。無論何が何でも抜き返すがそのために息が切れるようになった。息子と散歩した時に歩き方を見てもらうと、年齢により股《こ》関節《かんせつ》が硬くなったのか歩幅が狭くなったという。以来、歩幅を広くするよう心がけているが大して速くならない。年齢によるはずがないから、もしかしたら羞恥心を知らぬ女房との長い結婚生活を通じ、知らぬ間にはじらいを失ってきたのかも知れない。そう言えば大勢の前で話すのが平気になったし、電車の中ではごく自然に居眠りするようになったし、麗人に会うと恥ずかしくて赤面するどころか歓喜で紅潮するほどになった。含羞の私よ今いずこ。

（二〇〇九年一一月二六日号）

父親の横顔

父親の顔をしげしげと眺めるなどということはそうあることではないだろう。私が父の顔をじっと見た最初の記憶は、ミシガン大学で研究をしていた私を父が訪れた時である。昭和四十八年の初夏の頃で父が六十一歳、私が二十九歳だった。『アラスカ物語』の取材でアラスカ最北端のポイントバローを訪ねた後、私に会おうとミシガンに立寄ったのである。アラスカの白夜による不眠に悩まされていた父は、私のアパートに到着するなりベッドにもぐりこんでそのままいびきをかき始めた。久しぶりに会った息子とろくに話しもせず眠り込んでしまった父を恨めしく思いながらも、その皺《しわ》の一本一本から私のいない間の家族の消息から日本の臭《にお》いまでを嗅《か》ぎ取ろうと、無防備で不細工な寝顔をじっと眺めていた。「一年分だけ確実に年とったな」と思いつつ、よほど疲れているのか時々いびきが止《や》んだと思うと無呼吸になったりするのをハラハラしながら見守っていた。

三時間ほどたって目を覚ますと、「あーあ、よく眠った。久し振りだ、こんなに深く眠ったのは」と言った。「そうだろうね、かなりのバカ面《づら》だったから」とおどける私には構わず「日本を出て一カ月、初めて味方に会ったんで安心したらしい。それも絶対的味方だからな」と言った。

父の晩年の頃もその横顔をしげしげと見ることが多かった。食卓の一辺を父が陣取り母はその右隣り私は左隣りと決まっていたから、左横顔を否応《いやおう》なく見せられたのである。

こんな時、「父もいつか死んでしまうんだな。死んだら脳味噌《のうみそ》がもったいない。ぎゅうぎゅうに詰まった歴史の知識とか、一分に一句を詠《よ》む即興のわざだけでも自分の脳に移せたらいいのに」とよく思った。

先日、夕食時にいつもより多くワインを飲んだ私は疲れていたせいもあり珍しく居間のソファでうたたねしてしまった。三十分ほどして起きたら、横でテレビと私の顔を交互に見ていたのか息子達が、「お父さんの顔って何とも言えない顔だね」とか「めったに見られない顔だよ」などと言った。女房までが「じっと見ていると具合の悪くなる顔でしょ」と息子達に相槌《あいづち》を求めた。

物理学を専攻する息子が「お父さんが死んだら脳味噌がもったいないね。数学の知識だけでも僕に移植できないのかなあ」、もう一人の大学院生が「僕は歴史の知識も欲しいな、本を読む手間がはぶけるから」などと勝手なことを言っていた。

歴史は繰り返す。息子達もいつか同じことを言われるだろう。どこかほのぼのとした気分を久しぶりに味わった。

（二〇〇九年一二月三日号）

国民の目線

自民党もそうだったが、政権についた民主党もしきりに「国民の目線に立って政治を行なう」と言う。首相も各大臣もしばしばそう言う。実は公明、共産、社民、みんなの党もそう言う。国民の目線に立つことが民主主義の本質と思ってのことだろう。もし本質だとしたら民主主義とは悪い主義である。

政治が国民の目線に立ったら国は滅んでしまう。国民の判断力は古今東西つねに低く、またその意見は気紛れだからだ。ヒットラーは再軍備強化のため一九三三年に国際連盟を脱退した。一九三六年に非武装地帯のラインラントに進駐し、一九三八年にはオーストリアを併合した。いずれの時も九十五%以上の支持を国民投票で得ていた。十年後に世論は無論逆転した。ブッシュが二〇〇三年にイラク戦争を始めた時、アメリカ国民の約七割が支持した。三年後には逆転した。日本人だって同様だ。構造改革、郵政改革の小泉首相を二〇〇五年の総選挙で圧倒的に支持した国民は、四年後の総選挙ではその抜本的見直しをマニフェストに掲げた民主党をこれまた圧倒的に支持した。

ヒットラー、ブッシュ、小泉は国民の目線に立った政治を行ない国家に災禍をもたらしたのである。

国民の目線とは国民の平均値ということだ。平均値で国を運営するのは余りにも危い。外交、軍事だって「みんな仲良く」では成り立たない。平均値とかけ離れた歴史観、人間観、世界観、時には高度の権謀術数までが必要となる。経済だって、バラマキを喜んでいるような国民には口出しする資格さえない。人々は「日本の財政は破綻《はたん》寸前」などと言う。しかし、債務残高から金融資産を引いた純債務残高は欧米に比べさほど悪くないこと、日本の国債は、九十五%以上を国民が買っているという点で他国とまったく違うこと、などを多くは知らない。投資がそれ以上の税収を生むということを知らないから「公共投資はよくない」などという妄論がまかり通る。そもそも、「日本の財政は破綻寸前」というのがどこかの国の情報戦略かも、と疑おうともしない。だから「世界一の金融資産を有しながらそれを国内で使わずアメリカにばらまく不可解な国」という評判が生まれる。

本を読まない国民の目線とはテレビのワイドショーの意見と言ってよい。彼等は視聴率を上げるため国民の安直な正義感に迎合し、また「平和と民主主義」を居丈高にふりかざしその方向に国民を誘導している。国民の軽躁《けいそう》を叱《しか》り飛ばすような発言はテレビに存在しない。

政治家の役割は国民の目線に立ったりその意見を拝聴することではない。国民の深い悩みやそこはかとない不安などを洞察し、それらに機敏に手を打ち、また大局観に立って人類の平和を希求し国家と国民を安寧に導くことである。どこもかしこも国民の目線に立つ政治家ばかり、というのは国民の一大不幸と言ってよい。

(二〇〇九年一二月一〇日号)

事業仕分け

事業仕分けという政治ショーがようやく終った。国民にとっては、並居る官僚がバッタバッタと斬《き》り倒され予算がバッサバッサと切り捨てられるのが鬱憤《うっぷん》晴らしとなったのか概《おおむ》ね好評だったようだ。

その中である民主党議員がスーパーコンピュータについて「なぜ一位を目指さなくてはいけないのですか。二位ではいけないのですか」と質問、いや詰問《きつもん》したのには驚かされた。この感覚では科学研究を語る資格さえないからだ。世界中の科学者で世界一を目指さない人はいない。発見とは「世界で初めて」が定義であり、一日遅れで同じ発見をしてもその論文は二番目としてゴミ箱に捨てられるだけだ。私自身、一年かけてやっと証明した定理がすでに証明されていたと判明し愕然《がくぜん》としたことがある。その一年がただ無為に暮らしていたのと同じになったからだ。二番はビりと同じなのだ。

技術でもみな世界一を目指し努力しやっと上位に残れる。初めから二位狙《ねら》いでは十位にもなれないだろう。ゼロ査定されたロケットのような大型開発は一旦《いったん》中止してしまうと回復が長期間にわたり困難となる。せっかく研究を蓄積してきた研究者や技術者が離散してしまうからだ。航空機製造が戦後しばらく禁じられたためわが国の航空機は未《いま》だ世界のトップに追いつけない。ロケットが科学的な価値ばかりでなく安全保障上の大きな意義を持つことさえ忘れている。ロケットがゼロ査定されて中国などは小躍りしただろう。テレビカメラを恐らく意識した矢継早の攻撃的質問、という下品な状況にさらされたことのない省庁代表が一方的に押しまくられたのは気の毒であった。しかも費用対効果と天下りがいるかどうかばかりに捉《とら》われた人々による仕分けだから結果は初めから明らかだった。

費用対効果は科学研究を考える上でのタブーである。例えば素粒子や宇宙物理研究の経済効果は今後百年以上にわたりゼロであろう。数学を含めたほぼすべての基礎科学研究の十年後の経済効果は押《お》し並《な》べてゼロと言ってよい。民間ではできないから国がするのだ。そのような壮大な無駄遣いをする国でのみ研究者が生息でき、科学研究の豊かな土壌や広い裾野《すその》が形成される。それがあって初めて画期的発見や革新的技術が生み出されて行く。現在でも先進国中でGDP比最低レベルの高等教育予算や科学研究予算をさらに削っては科学技術立国は覚束《おぼつか》ない。科学界が縮小したら、人より何倍も優秀な若者が人の何倍も努力して博士号を取っても研究で生きて行くことはできなくなる。そうなったらついには科学技術を志す少年少女さえいなくなってしまうだろう。資源のない我が国は単なる貧しい島国となり果てる。科学技術予算は、文化、芸術、防衛などの予算と同様、国家の品格に関る深い考察が必要である。官叩《たた》きという国民的熱情を背に威丈高な政治家が、天下りと費用対効果を唯一《ゆいいつ》の物差しに短時間の議論で気合いもろともエイヤーと決めることではない。

（二〇〇九年一二月一七日号）

立読み文化とチャタレイ夫人

三十数年前、アメリカから帰国したばかりの私を尋ねてアメリカから女性がやって来た。まだ独身だったから誰も文句は言うまい。彼女は「日本の本屋はエクサイティングだ」と言った。どの本屋も立読みする客で一杯だと言うのである。知的エネルギーがほとばしるのを彼女は感じたのだろう。確かに三年間いたアメリカでは、本屋は少ないうえいつも閑散としていた。本を読みたい人は、インターネットのない時代だから、新聞や雑誌の書評やブッククラブの推薦などを参考に直接注文していたのである。

日本には世界に誇る立読み文化があった。私も中学生の頃からしばしば立読みをした。町の小さな本屋で一時間も読んでいると、たいてい番頭や主《あるじ》がハタキを持って来て本の整理を始めた。もうちょっとで切りがつくと思う頃に追い払われることが多かった。続きを読むため別の本屋に向かうこともあった。この文化は父の子供の頃、すなわち大正時代にすでにあったようだ。父は小学校高学年の頃から学校の帰りに上諏訪《かみすわ》の本屋で雑誌などを立読みしていたが、そこには意地の悪い番頭がいてハタキどころか本でポンと子供の頭を叩《たた》いたりしたらしい。旧制中学の生徒はよいお得意様ということで追い払われなかったから、父は中学生になりたいと受験勉強に精を出したという。

私の立読み最長記録は八時間である。高校一年生の春休み、新宿紀伊國屋《きのくにや》で高木貞治『初等整数論講義』を朝十時から夕方六時まで読み続けた。紀伊國屋は寛大なのか子供の来る本屋でないからかハタキが来なかった。大学数学科学生向きの本だが、余りに美しく神秘的な定理が次々に出てきて興奮し、止《や》めることができなかったのである。しかし熟考のうえ買わなかった。「これら定理は読んで感激すべきものではない。天才なら自ら発見すべきものだ。この本はその機会を私から奪うものだ」と誇大妄想気味に考えたためだった。

最短記録は三十秒ほどである。大学生の頃、D・H・ローレンス『チャタレイ夫人の恋人』を立読みした時だ。数年前に最高裁で猥褻《わいせつ》と判決され頒布《はんぷ》禁止となったものが伏字入りで発売され話題となっていた。その日、かねて計画していた通り隣町の本屋に向かった。地元の本屋は顔見知りになっていて具合が悪い。本屋に近づくと、往来する人々が私のことを「いやらしい人」と噂《うわさ》したり、眉《まゆ》をひそめつつ見て見ぬふりをしているような気がした。本屋の前に立つと不屈の精神をもって「どんなことがあっても目的を完遂するぞ」と気合いを入れた。まなじりを決して本屋に怒濤《どとう》の如《ごと》く飛びこむと胸の動悸《どうき》は最高潮に達した。すぐに平積みのチャタレイ夫人を見つけることができたが一旦《いったん》素通りし、何食わぬ顔で雑誌を見ながら周囲に私の異常な好色に気づいた者がいないかどうかうかがった。怪しむ者がどうやらいなさそうと思うやチャタレイ夫人のもとへ突進し本をさっと開いた。小刻みに震える本をの活字を片目で追いつつもう一方で辺りの人影を見張った。三十秒もたたぬうちに慌《あわ》てて本を置いた。誰も来なかったがそれ以上の緊張に耐えられなかったのである。

（二〇〇九年一二月二四日号）

箱根駅伝

正月の楽しみは大学箱根駅伝である。一月二日と三日は普段はあまり見ないテレビに私ばかりか家族中が付かず離れずとなる。選ばれた二十校が大学の名誉をになって死闘をくり広げるからだ。この日のために一年中猛練習をしてきた選手達の晴の舞台なのだ。

初日の往路は東京大手町の読売新聞社前から箱根芦《あし》ノ湖《こ》まで、翌日は復路をそれぞれ五人ずつがたすきを手渡しながら走り抜くのだが、絶対に見逃せないのは往路第五区だ。小田原から芦ノ湖までのこの区間は、他の区間に比べやや長いばかりかほとんどが急な上り坂である。だから他の区間より平均して時間が十五分から二十分もかかる。

リレーというものは陸上でも水泳でも大まかに総距離を人数で等分しているから、

どの区間がもっとも大切かはさほど注目されない。しかしもっとも時間のかかる区間に強い選手のいるチームが明らかに有利である。水泳のメドレーリレーでは最も時間のかかる平泳ぎに強い選手のいるチームが有利と言える。箱根駅伝では往路の第五区が最重要区間となる。実際ここに強い選手のいるチームは大てい上位入賞している。

車で下っても恐《こわ》くなるようなこの急坂を、冗談ではないかと思えるほどの速さで駆け上がる選手が三年に一人くらいいる。たいてい山国出身だから親近感から「どる田舎の力を見せつけてやれ」と思わず画面に叫ぶ。苦しさに顔をゆがませながら上る選手を横目にスイスイと抜いていくのを見ていると、家族中が歓声を上げてしまう。そして笑い出す。抜かれる者が歩いているように見えるうえ、その苦悶《くもん》の表情が英雄の涼しい顔と対照的で笑いを誘うのである。単純な私などは自分がその英雄になった気分で、喘《あえ》ぎつつ走る者を抜くたびに「ハイ、御苦労さん」などと言ったりする。根が残酷なのかも知れない。

私にとっての最大の見所は各中継所でのたすき渡しだ。たすきを次走者に手渡した直後に選手が倒れたり倒れそうになり抱きかかえられたりするからだ。私はこれに感動する。チームと大学の名誉のため持てるすべてを出しきってバタッと倒れるというのは余りにも美しい。

マラソンで選手がゴールイン後に倒れても私は感激しない。自らの栄光のために全力をつくすというのは当然のことだからだ。駅伝は違う。それは自己犠牲であり献身、挺身《ていしん》だ。日清《にっしん》戦争で突撃ラッパを吹いている最中に銃弾を浴び絶命してもラッパを口から離さなかった木口小平《こへい》であり、日露戦争の軍神広瀬武夫《たけお》海軍中佐、橘《たちばな》周太陸軍中佐だ。献身こそは民族の精華だ。

感激で目を潤《うる》ませている私の横で息子達が「たすきを渡した後に倒れないときっと先輩にぶん殴られるんだよ」などとくだらぬことを言う。無論私は「黙れ曲者《くせもの》、非国民」と一喝する。

（二〇〇九年一二月三一日・二〇一〇年一月七日号）

第四章　人間の本質は変わらない

タックスペイヤー

一九七〇年代、アメリカの大学で教えていた頃、タックスペイヤー（納税者）という言葉がしきりに使われていた。私のいた州立のミシガン大学やコロラド大学では、大学での教育や研究が納税者の期待に応《こた》えているかがしばしば問われた。国の機関や政策についても常に納税者の視点が重視された。日本では税務署でしか使われないような言葉だったから不思議な感じがした。純粋数学の研究で私が納税者の期待に応えるにはどうしたら良いか見当もつかなかった。そして次第に違和感を抱いた。物事の価値を納税という経済行為だけから見る視点に反発を覚えたのである。金銭至上主義のアメリカらしい、イヤな言葉と思った。

それが十数年ほど前から日本で流行《はや》り始めた。アメリカ留学から帰った人々がさも新鮮な観点かのごとく得意気に使い始めたからである。この言葉は丁度その頃から跋扈《ばっこ》し始めた市場原理主義、すなわちグローバリズムと共鳴しながら我が国に定着した。

小泉内閣の構造改革においても「納税者のため」とか「消費者のため」が錦《にしき》の御旗《みはた》としてしきりに用いられた。確かにすべての国民は消費者であり、また物を買うたびに消費税を払っているから、国民イコール消費者イコール納税者である。国民はこう思い、構造改革は自分達のためと信じ支持したのである。

納税者とか消費者というのは国民の経済的側面に過ぎない。国民には他にもいろいろの側面がある。たとえ月給が減っても、美しい自然に囲まれ健康な生活がしたいとか、文化や芸術を堪能《たんのう》できさえすればよい、という者もいるだろう。穏かな気持で毎日を過ごせればそれで十分という人もいれば、自らの貧富はどうでもよい独立不羈《ふき》の祖国こそと考える者もいよう。これらすべてを捨象するこの言葉の定着とともに、国民自身が人間の価値を金の尺度で計るようになった気がする。

この忌《いま》わしい言葉は先日の「事業仕分け」でもしばしば用いられた。政府与党でもっとも口のよく回る仕分け委員達が、あたかも全国民の支持を肩に背負ったかの如《ご》く居丈高に納税者を連発した。「納税者にどんな恩恵があるのか」「納税者の理解が得られない」などの言葉に圧倒された官僚や学者は返答に窮した。官僚や学者自身が「納税者」の意味を国民と同義と勘違いしていたからだ。

「納税者という国民の経済的側面だけに光を当てる言葉の使用を止《や》めなさい。国民の役割は税金を払うだけではない。文化や芸術を興隆し科学を発達させることで人類に貢献し祖国に栄光を加えるのも国民の大きな役割なのです」

という仕分け委員達への一喝の出なかったことが惜しまれる。

（二〇一〇年一月一四日号）

年齢詐称《さしょう》

「女性と数学者は年齢を偽ってよい」と言った人がいる。私だったかも知れない。女性の場合は可愛《かわい》い嘘《うそ》として当然認められるが数学者の場合は理由が分りにくい。数学における古今東西の天才のほとんどは若くして大発見をしている。十代でガロワ理論を発見し二十歳で決闘に斃《たお》れるという華麗な生き方をしたガロワをはじめ、三十歳までに金字塔を打ち立てた者が大部分である。数学者は皆このような話を耳にしているから、三十を過ぎた頃から年齢に触れたがらなくなる。そういう天才達に比べ自らの成し遂げたものが余りにも貧しく内心忸怩《じくじ》たる思いでいるからである。だから私は年齢を自由に偽ることにしている。ＪＲの定期を買う時やつまらないアンケートに答える時などはいつも十歳若くしている。

この嘘は母の遺伝かもしれない。私が小学校四年生の時に母は三十五歳だったが、高校一年の時に尋ねた時も「三十五」と答えた。私はその間ずっと母が三十五歳と思っていたのだがさすがに長すぎると気付き糾弾した。やっと「本当は四十一」と白状した。思い起こせば母の年齢はいつも数年おきに糾弾され更新されていた。私も母に倣《なら》いここしばらく息子達に五十二歳と言っている。体重と皮下脂肪、内臓脂肪などを計測するヘルスメーターが、五十二歳を示しているから荒唐無稽《こうとうむけい》な数字でもない。

先日イタリアでセール中の洋服屋へ愚妻と入った。三割引きで出されている格好よいダスターコートを私が試着するとダンディーな店員が感に堪えぬかのごとく「完璧《かんぺき》です」と言った。「やっぱそうなのか」と頭をかいていたら横から愚妻が「いつもの手よ」と日本語でささやいた。何かを察したのか店員は「奥様おきれいですね」とやはり感に堪えぬかのごとく私に言った。私は「何のそれしき」と思ったが、愚妻の方は真に受けたらしく今度は「いつもの手よ」と言わず微笑《ほほえ》んでいた。

欧米人にとって日本人は年齢不詳だから好奇心をもったらしく「何年位結婚しているのか」と遠回しに女房の年齢を聞いてきた。「二十年だ。女房が十六歳の時に我々は結婚した」と答えた。愚妻は三十六歳とこちらも遠回しに言ったのである。

ダスターコートの割引率にざっと合わせただけだが、店員は信用したようだった。「私はその時二十歳だった」と付け加えた。店員は足し算をするといやらしい笑みを浮かべながら「人間はある年齢になると何を言っても許されるんですよね」と言った。嘘をつき放題ついた負い目から結局は大枚をはたいて買うことになった。店を出るや「向うはせっかく三十六歳と信じたのにあなたが調子に乗って自分は四十歳などと言ったから嘘だとバレちゃったじゃない」と女房になじられた。これからはもっと謙虚になりヘルスメーターの数字で行くことにした。

（二〇一〇年一月二一日号）

文語を知る幸せ

　小中高の国語教科書に文語文は申し訳程度しかない。難解なうえ役に立たないということなのだろう。生徒にとって口語文より多少難しいことは認めざるを得ないが、だから教えないというのは理解に苦しむ。これでは文部省唱歌「故郷《ふるさと》」の「うさぎおいしかの山」で、うさぎが美味《おい》しいと思う者が多くなるのも仕方ない。

「故郷」を私は子供の頃からいかめしい文語で書かれた退屈な歌と思っていた。それが五十歳を過ぎた頃、ある児童合唱団が歌うのを聴いて思わず涙ぐんでしまった。それ以降、目頭を熱くせずして聴くことができなくなった。二番の「如何《いか》に在《い》ます父母　恙《つつが》なしや友がき」あたりから父と母との日々がよみがえり胸に想《おも》いが迫って三番の「志をはたして　いつの日にか帰らん」でついにいけなくなる。

　多少難しいからと文語を避けていれば、感動の宝庫である戦前の唱歌や童謡をすべて失うことになる。それどころではない。明治、大正、昭和は日本文学が百花繚乱《りょうらん》した奇跡の時代である。戦後文学しか読めないのでは膨大な文化遺産の半分を失うことになる。

文語は実用の役にも立つ。口語に比べ段違いに簡潔で段違いに格調高いがゆえに詩歌に適していて、暗唱朗唱に足る詩歌の大半は文語体である。子供の頃に意味が分らなくとも暗唱しておけばいずれ意味が分ってくるし、時に応じて口ずさめば人生に色どりを添えてくれる。

私は一人旅に出て列車が山間《やまあい》を走ると決まって白秋の「からまつの林を過ぎて　からまつをしみじみと見き　からまつはさびしかりけり　たびゆくはさびしかりけり……」を口ずさむ。若い頃には一人ぼっちの淋《さび》しさや甘たるい感傷に浸らせてくれたし、近年は人生の寂寥《せきりょう》をしみじみと感じさせてくれる。信州の夕暮を走る時は、藤村の「小諸《こもろ》なる古城のほとり　雲白く遊子悲しむ……暮れ行けば浅間も見えず　歌哀《かな》し佐久の草笛」を唇に乗せただけで一気に景色が抒情美《じょじょうび》を湛《たた》える。

小学校時代の恩師安野《あんの》光雅《みつまさ》先生は、ヨーロッパを一人で写生旅行していて疲れがたまっても島崎藤村作詩の、「朝はふたたびここにあり　朝はわれらと共にあり埋もれよ眠り行けよ夢……きょうの命の戦闘《たたかい》の　よそおいせよと叫ぶかな」と車の中で大声で歌うとシャンとされるそうだ。

人が生まれてよかったと感ずるのは感動した時だけではないか。人は感動するために生きていると言ってもよい。だからわざわざ金を払い映画館や劇場へ泣きに行く。その感動を暗唱された詩歌は与えてくれる。文語を知らなくては多くの感動を見逃すことになる。類《たぐ》い稀《まれ》な詩歌の国に生まれた幸せを味わえないことにもなる。

（二〇一〇年一月二八日号）

かつて「捨身」という美風があった

民主党には「石川知裕《ともひろ》代議士の逮捕を考える会」「捜査情報の漏洩《ろうえい》問題対策チーム」「土地代金四億円不記載をめぐる論点整理勉強会」などの会がある。すべて小沢幹事長を守るためのものという。

小沢氏の白黒は不明だが、失態を疑われている当人の所属する組織が、厳正な判断を下すことより当人を守ることに必死となる、というのはこれまでに何度も見られた風景だ。特に当人が実力者の場合は尚《なお》さらだ。

一九四四年三月、福留繁連合艦隊参謀長の乗る飛行艇がセブ島沖に不時着した。福留は部下とともに島のゲリラに捕えられ「新Z号作戦」計画書と暗号書を奪われるという大失態を演じた。これらはすぐにアメリカ軍の手にわたり、同年六月のマリアナ沖海戦では、日本海軍の兵力や戦力の詳細を知ったアメリカ軍に惨敗《ざんぱい》を喫した。「マリアナの七面鳥撃ち」と揶揄《やゆ》されるほどの負け方だった。

最高機密文書を破棄しなかったというのは軍法会議ものだが、事情聴取をされただけで責任は不問に付された。海軍大学首席のエリートを組織ぐるみでかばったのである。

仲間をかばうのは陸軍も同じだ。

参謀本部の不拡大方針を無視して満州事変を独断で起こした関東軍参謀の石原莞《かん》爾《じ》と板垣征四郎は、大した処分をされず石原は中将、板垣は大将、陸相にまでなった。この時の処分が甘かったから六年後には参謀本部や政府の不拡大方針が無視され日中戦争が始まった。

さらにその二年後のノモンハン事件では、参謀本部の指令に従わず戦闘を拡大し多大の犠牲を出した関東軍参謀の服部卓四郎と辻政信も、陸軍刑法による重罪であるにもかかわらず軽い左遷《させん》ですまされ、共に間もなく参謀本部に栄転した。組織の怖さである。だからこそ諸葛亮《しょかつりょう》が自分の命令に従わなかった知将馬謖《ばしょく》を処刑したことにちなんだ「泣いて馬謖を斬《き》る」が人口に膾炙《かいしゃ》されるようになった。

江戸時代にはどうしようもない藩主に対し家老達は手討ち覚悟で諫言《かんげん》した。何度諫言してもだめなら押込《おしこめ》となった。藩主を改心するまで座敷牢《ざしきろう》に監禁してしまうのである。身を捨てて藩を救ったのだ。

日清戦争では参謀次長の川上操六中将が、勝手な作戦を展開しようとした第一軍司令官山県有朋《やまがたありとも》を解任した。中将が、枢密院《すうみついん》議長かつ陸軍随一の大将を斬ったのである。身を捨てて国を救ったのだ。

明治の頃までの日本には「捨身」という美風が確かにあった。

（二〇一〇年二月四日号）

カティンの森

アンジェイ・ワイダ監督の「カティンの森」を観《み》た。ワイダ監督が、自らの父親も犠牲となったカティンの森事件を史実に基づいて描いた作品である。一九三九年八月二十三日、それまで犬猿の仲だった独ソが突然不可侵条約を結び世界を驚かせた。そしてその九日後の九月一日にはドイツが、九月十七日にはソ連がポーランドに侵攻したのである。ポーランドは両国にいかなる脅威も与えないどころか両国の中間に立ち友好を築こうとしていたのだが、あっという間に西半分はドイツ、東半分はソ連の領土となった。不可侵条約には密約があってそれが実行されたのである。

ソ連軍は直ちにポーランド軍を解体し、将校のほぼ全《すべ》てを捕虜としてはるか東方の収容所へ送った。ここには将校ばかりか、官僚、大学教授、聖職者など知識層も統治の邪魔者として収容された。一九四〇年の春、彼等は一人ずつ巨大な穴の傍まで連れて行かれ、後頭部をピストルで射《う》たれそのまま穴に放りこまれたのである。スターリンの命令であった。

一九四三年になって、ソ連に侵攻したドイツ軍がカティンの森で四千余りの遺体が埋められているのを発見し、この蛮行を世界に暴《あば》いた。直ちにソ連は、ナチスが自らの虐殺《ぎゃくさつ》責任をソ連に転嫁《てんか》しようとしていると非難した。ソ連は戦後のニュルンベルク裁判でもこの件でドイツを告発した。ドイツは敗戦国である上、ナチス自身によるユダヤ人虐殺を恥じていたから、真実を知りながら強く抗弁することができなかった。東京裁判で日本が、日本軍の残虐行為と告発されたものに対し、事実に反すると知りながら十分な釈明を行なわなかったばかりか、原爆投下という人類史上に残る残虐行為を糾弾しなかったのに似ている。ニュルンベルク裁判と東京裁判は戦勝国の敗戦国に対するリンチだから、抗弁は無用だったのだ。

ニュルンベルク裁判に出ていたイギリスは、ナチスの暗号を解読し以前から真実を知っていたが口をつぐんでいた。ルーズベルト大統領は直接調査により戦時中から真実を知っていたがそれを隠蔽《いんぺい》していた。「正義と人道の戦い」の勝者とはそういった国々だったのだ。ソ連はその後、何と冷戦の終る一九九〇年までナチスの所業と国ぐるみで大嘘《おおうそ》をついていた。

虐殺は規模の大小はあれいかなる国にも見られるものだが、破廉恥《はれんち》にも半世紀の間他国のせいにしていたソ連、そして裁判で口を拭《ぬぐ》って涼しい顔をしていた英米、の卑怯《ひきょう》には戦慄《せんりつ》を覚える。救われぬ気持で映画館を後にしながら、ふとポーランドと日本が重なって見えた。いつの日か突然、東のアメリカと西の中国が不可侵条約を結び、両国に何の脅威も与えず両国の中間に立とうとしていた「友愛」の国日本はその密約で東西に分割され、知識層は収容所に……。平和ボケ日本では妄想と一笑に付されるものだろう。ただ人間にとって最大の不幸は、人間の本質が昔も今もこれからも、ずっと変らないということだ。

（二〇一〇年二月一一日号）

日本の「財政危機」は本当か

家の財布と国の財布は根本的に違う。手元不如意《ふにょい》の時、家では支出を抑えるのが正しいが国では支出を増やすのが正しい。適切な公共投資や中低所得者への減税などの財政支出をすると波及効果により支出の何倍もの有効需要が生まれるのである。昭和恐慌《きょうこう》の高橋是清《これきよ》も一九九三年のクリントン大統領もこれでデフレ不況を退治した。経済学の常識だが知らない人が多いようだ。知っていても「日本の借金は八百五十兆円と世界最大で財政は危機的」が実行を躊躇《ちゅうちょ》させる。この標語を信ずるのは鳩山首相だけではない。ほとんどの政治家、いやほとんどすべてのテレビ、新聞などマスコミ、そして国民までがそう信じている。

本当にそれほど危機的なのだろうか。「日本の国債はアフリカのボツワナ以下」などと「財政危機」を煽《あお》ってきたのは米国のヘッジファンドや格付け機関、米政府の息のかかったＩＭＦや世界銀行、消費税上げをもくろむ日本の財務省、そしてこれらの言葉を鵜呑《うの》みにした日本人だけではなかったか。これら以外から聞こえて来ないのは当然と思う。日本は、政府が五百五十兆円という世界一の金融資産を有し、国民が千五百兆円という世界一の貯蓄を有する国だ。それに他国とは全く異なり国債の九十五％近くを日本人が保有しているから対外債務はほとんどない。だからこそリーマンショック以来の世界経済危機でも日本の国債は堅調だったし、ドル、ユーロ、ポンドが売られたのに円は買われ大幅に高くなった。「財政危機」とは情報操作ではないかと疑うこともなく、お人好《よ》しの日本人は同盟国アメリカによる好意からの忠告と勘違いしたのではないか。

その結果、小泉竹中時代から国を挙げて「借金を減らすため財政支出を切りつめる」という緊縮財政をとることとなった。医療費、公共投資、地方交付金などはこうして削減された。行き場を失った国内の余剰資金の多くはゼロ金利の日本から高金利の海外へ向かった。国民の金が国内で使われないからモノが売れず、従って価格が下がり、企業業績が悪化し、従業員の給料が減り、従ってモノが売れなくなる、という魔のサイクルにはまりデフレ不況となった。その間、地方や二〇〇〇年には世界一とWHOに認定された医療制度も壊された。アメリカは日本からの巨額投資で大いに潤《うるお》った。そして日本の不況克服には規制緩和が必要とそそのかし、デフレで株価の下がった日本企業を三角合併という戦慄すべき荒業で買収するなどすべて目論見《もくろみ》通りの果実を享受《きょうじゅ》した。リーマンショックまでの十年間で欧米各国がGDPを三割から七割も伸ばしていたのに、緊縮財政下の日本だけはまったく増やすことができず、そのため不足した税収を埋めようと却《かえ》って国債を増発することとなった。ここ一年余り、世界中が財政出動に躍起となっている中、日本だけは相変らずの緊縮だ。さらに十年ほどデフレ不況を満喫していたいようだ。

（二〇一〇年二月一八日号）

今夜も風呂場《ふろば》でひばりを歌う

歌がうまいと言われたことはこれまでに一度もない。下手と言われたことも一度もない。論理的には並ということだと思うが、女房は論理的に下手ということだと言う。他人の歌を面と向かって下手とけなすことはまずないし、もし並だったとしたらお世辞でうまいと言われることが一度や二度はあるはずだからと言う。

私に不利な記憶が一つだけある。小学校六年の時、私は合唱コンクールに向けた学校代表の合唱団に六人に一人の中から選ばれた。音楽の女教師が「算数のできる子は音楽もできます」と常々言っていたから私を入れざるを得なかったのだろう。課題曲「カッコー・ワルツ」を猛特訓中のことだった。精一杯歌い上げていた私の所へハイヒールの先生がつかつかと歩み寄り、耳元で「あなたは口真似《くちまね》していればいいわよ」とささやいたのだ。

その頃までに家で聞いた音楽といえば、NHKラジオの「のど自慢」と「ラジオ歌謡」くらいのものだったから音感が未開発だったのだ。中学校に入るや家にステレオが入り、クラシック、歌謡曲からエルビスまでが怒濤《どとう》の如《ごと》く押し寄せた。私の音感はついに惰眠から目覚め、覚醒《かくせい》し、芽を吹いた。

以後、しばしばコンサートへ行き、また暇があると歌を歌っている。最近歌うのは美空ひばりの「津軽のふるさと」だ。これは昭和歌謡のベスト3に入る名曲とかねがね思っていたが、先年、対談でお会いした五木寛之さんがひばりの曲のうちで一番好きと言われた。彼は知る人ぞ知る歌謡曲の権威である。私の音楽的審美眼の正しさが科学的に立証されたような気がした。

この抒情溢《じょじょうあふ》れる曲がさほど流行《はや》らなかったのは歌うのが難しいからかも知れない。この私でも歌いながら自己嫌悪《けんお》に陥ることがある。私がうまく歌えるのは風呂の中だけだ。湿度百%だと声帯が柔軟になるのか高低の音が自在に出るからだろう。我ながらかなりのレベルと思う。ほとばしる情感に自ら感動するほどだから他人も感動するだろう。風呂の中なら誰でも上手に歌えるというわけではない。父はよく風呂で「白い花の咲く頃」や「国境の町」などを大声で歌っていたが、何ともいやはやだったからである。

「津軽のふるさと」を風呂で父の如くありったけの情感をこめて歌っていると、時々戸の外から女房が「うるさーい、近所迷惑」と私の歌より大きな声で叫んだりする。ひばりに比べてほんの少しだが力不足と思うのかも知れない。息子達に至っては私の絶唱の届かない二階へそそくさと待避してしまう。私の歌に聞きほれ胸を熱くしないのは情緒不足のなせるわざであろう。小人どもを相手にせず我が道を実直剛直に進む私であるが、時には「カッコー・ワルツ」を思い起こすこともある。

（二〇一〇年二月二五日号）

大いなる暗愚

議会制民主主義の元祖イギリスでは、国会議員の大半がイートンなどパブリックスクールの出身者で真のエリートとしての教育を受けているせいか、「金と政治」が問題となることは少ない。二〇〇九年に議員経費スキャンダルで停職となった副法相はパブリックスクール出身ではなかった。

パブリックスクール出身者の失敗で有名なのは一九六三年のプロヒューモ事件である。エリート校出身のプロヒューモ陸相は由緒《ゆいしょ》あるパーティーで麗《うるわ》しくも妖艶《ようえん》なキーラー嬢と出会い、運よく（運わるく）知り合いとなった。二人はついに親密な交際をもつに至った。そこまではよかった（すでによくなかった）のだが、問題は運わるく彼女がソ連の駐英大使館付き海軍武官とも親密な関係にあったことだ。大使館付き武官とはスパイみたいなものだから、プロヒューモ陸相は国家機密漏洩《ろうえい》を疑われ辞任に追いこまれた。どんな立派な教育で武装していても女性には抵抗できないという典型例である。

我が国の議員は金でも女性でもよく転ぶようだが、女性問題が欧米に似てさほど取り上げられなくなったのは一つの社会的成熟と言えよう。代りに金の問題となるとメディアをあげ国会をあげ大騒ぎする。今もそうだが国会がこれでいつまでも空回りする。鳩山氏の偽装献金問題は、母親からの献金が大き過ぎたこと、また還暦を過ぎた男が母親に助けてもらうのは格好悪い、ということで架空名義にしたままのことだろう。形式的には法律違反だが本質的には親子の情が過ぎてしまっただけで大したことではない。元がきれいなお金だからだ。これに反し小沢氏の場合は違う。これは贈収賄《ぞうしゅうわい》がらみの強い疑惑が渦巻いているのだから、検察の「起訴するに十二分な証拠が集まらなかった」ですむ話ではない。

にもかかわらずこれらは国会の問題ではない。鳩山氏の件は税務署の問題であり小沢氏の件は国民に納得してもらうため政府が検察に徹底捜査を命ずればよいだけである。野党の自民党は夏の選挙をにらみこれらを政争の具にしたいようだ。これだから国民に見放される。これらは本質的に国家の帰趨《きすう》や国民の生活に無関係だ。これデフレ不況がすでに十年も続きながら何もしない政府。アメリカ政府が中間選挙を視野に、低下した支持率を上げようと、怪しげな証拠を掲げ戦争代りのトヨタ叩《たた》きに狂奔するのを、公平性について牽制《けんせい》することもせず指をくわえて見ている鈍感さ。中国や韓国がアジア、アフリカ、中近東で政府主導の市場確保に奔走するのを、国益を守りに出ようともせず傍観している能天気。日米中正三角形論とか東アジア共同体論を、自守防衛を棚上げしたままで語る幼稚。外交、国防、医療、雇用、財政、教育をガタガタにしたまま選挙目当ての子ども手当や事業仕分けショーに情熱を燃やす無定見。

野党が突くべきは与党の金ではなく大いなる暗愚である。

（二〇一〇年三月四日号）

惻隠《そくいん》の国

横綱朝青龍《あさしょうりゅう》はいろいろの不祥事を起こして土俵を去った。横綱としての品格にもっとも触れると私に思えたのは、彼の粗暴な言動でも仮病でもない。勝った後のガッツポーズ、そして相手を土俵の外に押し出してから更に一突きを加え土俵の下に転げ落とすダメ押しだった。相撲において、相手の足が土俵の外に出た瞬間に力をゆるめ、落ちぬよう配慮したり、投げ飛ばされた相手に手を貸すことは伝統の礼である。これはレスリングやボクシングをはじめ世界の恐らくどんな格闘技にも見られない日本独自のものだ。朝青龍はこの惻隠という日本精神をついに理解できなかった。

私はしばしば日曜日のNHK教育テレビで将棋や囲碁の対局を観戦する。いつも感心するのは勝負がついてから三十秒ほどの間、見ただけでは勝者と敗者の区別がまったくつかないということだ。プロの棋士とは勝つために日夜研鑽《けんさん》を積みその結果である勝負に家族の生活がかかっている人々である。勝者は跳び上がりたいほどうれしいはずだ。なのに絶対に笑みを見せない。少なくとも敗者より先に自分が笑みをこぼすことはない。爆発しそうな喜びを隠すため、勝者が必死に歯を食いしばり天井を見上げたり盤面に視線を落とし首を何度もひねったりしているのは微笑《ほほえ》ましい。外国人棋士も日本でよく仕込まれているのだろう、きちんとこの礼を守っている。この点、相手が投了するや、品格の人であることをつい忘れ破顔一笑呵々《かか》大笑となりがちな私としては感嘆せざるを得ない。無論この礼は失意に打ちひしがれている相手への惻隠である。

我が国はかつて世界に類のない惻隠の国であった。少くとも明治の頃まではそうだった。乃木《のぎ》大将は水師営での会見で、敗軍の将ステッセル達に武人としての名誉を重んじ帯剣を許した。敗軍の将を写真にとりたいという外国人記者団には、ステッセル達の気持を考慮したった一度の撮影しか許さなかった。激戦の二〇三高地には日露両軍の戦死者のために慰霊碑を建てた。東郷元帥《げんすい》は福岡に「日本海海戦勝利記念碑」を建てる話が持ち上がった時、「祖国のために戦死した五千人ロシア兵を思うと勝利という言葉は使えない」と述べその二字を削除させた。また日本軍は日露戦争中に七万人余りの捕虜を日本へ移送し、温暖の地に作った二十九の収容所で手厚い医療や福祉を施した。献身的な看護婦に恋心を抱く者が後をたたなかったという。

惻隠、すなわち弱者敗者への涙は武士道の仁や仏教の慈悲にも通ずる日本精神の精華である。朝青龍が惻隠を理解できないのは仕方ないですませるが、これを持たない日本人がグローバリズムの進展とともに近年激増しているのは真に憂《うれ》うべきことだ。混迷の人類を救う鍵《かぎ》ともなりうる惻隠、この美風を世界に伝えていくという使命を負う日本人が、その前に世界の悪風に染まってしまいそうである。

（二〇一〇年三月一一日号）

海軍は善玉・陸軍は悪玉

旧軍について、海軍は善玉、陸軍は悪玉というのが定説となっている。陸軍は本当にそれほど悪かったのだろうか。

私の母方の祖父は幼くして両親を失《な》くした。祖父と弟は尋常小学校を卒業すると小作として働きどうにか糊口《ここう》を凌《しの》いだ。上級学校へ進む余裕は無論なかったが苦学力行をものともしない祖父は検定で中学校卒業資格をとり、ついで教員資格をとり教師として一生を終えた。弟は海軍に入り職業軍人となった。田畑を持たない水呑《みずの》み百姓にとって能力を活《い》かし普通の生活をするための選択肢は限られていたのである。

明治末に海軍に四等水兵として入隊した弟の方、すなわち私の大叔父は、何十年もかけ三等水兵、二等水兵、一等水兵、三等兵曹、二等兵曹、一等兵曹、兵曹長、特務少尉《しょうい》、特務中尉、特務大尉と刻苦勉励により一段ずつ上りつめた。それでも学歴がないため三十半ばになっても、海軍兵学校を出たばかりの少尉には必らず先に敬礼し敬語を用いなければならなかった。叩き上げとしては最高位の特務大尉になっても、彼がいた陸戦隊の指揮権はエリート少尉にあった。

特務というのは無学歴という記号である。頭脳、人格、百戦練磨ゆえの度胸や沈着、などにより兵や下士官からは神様扱いされていたものの、少尉以上の士官からは差別視されていたのである。一方、大学生や大学出の高学歴者は、海軍予備学生とか短期現役としての教育を終え入隊するや予備少尉となり士官待遇となった。学歴がものを言う世界だった。

それに比べ陸軍では特務士官という差別的制度はなく叩き上げでも頑張れば普通の少尉や少佐になれた。逆に高学歴でも入隊時は二等兵だ。東大法学部助教授の丸山眞男《まさお》も二等兵だった。運よく甲種幹部候補生に選ばれても初めは曹長だから下士官である。リベラルと言えば海軍だが、学歴という点ではむしろ陸軍の方がリベラルだったのである。

先日、中学校時代の恩師からの年賀状が届いた。大東亜戦争末期に専門学校卒として陸軍に入隊した恩師のそれには「短期間の陸軍生活ではあったが上官にも同輩にもイヤな奴《やつ》は一人たりともいず、みな温かく親切な人ばかりだったことを死ぬ前に君に伝えておく」とあった。

大学を出て陸軍に入っても二等兵となれば牢名主《ろうなぬし》のような小学校卒の上等兵などに目の敵にされ、殴られるなど屈辱を受けることもあろう。陸軍に対する高学歴者の印象が海軍に比べ悪くなるのは致し方ない。

海軍に比べ陸軍への評価が実態以上に低いようなのは、日教組教育が「中国を侵略した」陸軍を蛇蝎《だかつ》の如《ごと》く描いたことの他に、旧軍を公《おおやけ》の場で回顧するのが高学歴者だけということもあるのかも知れない。

（二〇一〇年三月一八日号）

天才の寿命

イギリス人数学者アンドリュー・ワイルズは一九九四年、フェルマー予想を解決した。三百六十年にわたる未解決の難問だった。これに取りかかっていることをワイルズは無用の噂《うわさ》の飛び交うことを嫌い同僚にも誰にも明かさず、八年間もの間、屋根裏部屋で呻吟《しんぎん》していたのだった。完全解決の前の五年間ほどは、よほど集中していたのだろう、学会にも顔をほとんど出さず論文も著さなかった。この時期にアメリカで開かれたシンポジウムに出席した私は、「ワイルズはもう過去の人になったのかも知れない」とか「幼い娘が三人もいて育児に忙しいのかも知れない」などという、口さがない人々の陰口を耳にした。フェルマー予想に取り組んだ三十三歳の時点ですでに素晴らしい業績を挙げていたワイルズが、突然鳴りをひそめたまま何年もたっていたからだった。

完全解決と同時に彼は一躍時の人となり、数学史に燦然《さんぜん》と輝くスターとなった。四十一歳だった。その頃イギリスを訪れていた私は、友人でありケンブリッジ大学でワイルズの同級生だった数学者と会っていた。私が「フィールズ賞は四十歳までだからワイルズは惜しかったね」と言うと彼は「アンドリューはフィールズ賞を必要としない」と即座に言った。大金字塔に比べれば勲章など取るに足らぬということだ。納得した。

私が次いで「まだ四十一歳だからこれからが楽しみだ」と言ったら、彼はしばらく沈黙してから急に深刻な表情で私を正視すると、「アンドリューはもう何もできないと思う」と意外なことを言い、悲しそうにうつむいた。あれほど極度の集中を八年間も続けたから燃え尽きてしまったはず、と心やさしい彼は痛ましく思ったのだ。

アンドリューをよく知る彼の言葉とはいえ、飛ぶ鳥を落とす勢いの天才が四十一歳の若さで何もできなくなるとは納得できなかった。友人の予言は適中した。完全解決後十五年余りたったが研究活動はほとんど止まっているからだ。

二〇〇三年に三十六歳のロシア人数学者ペレルマンはポアンカレ予想を解決した。

これまた百年間も未解決の大難問だった。数年かけて完成した証明は余りに独創的だったため正しいとなかなか認められなかった。認められたのは発表後三年もたってからだった。ペレルマンはこの時すでに所属していたステクロフ数学研究所を辞職して山に入り、外界との連絡を一切断っていた。予想解決者への懸賞金百万ドル、フィールズ賞も辞退した。世間はこれに仰天し多くの報道がなされた。色々の憶測があるが、私はワイルズと同じく燃え尽きたのだと思った。

極度の集中とはそういうものだ。数学における大天才には早世したり若くして何もしなくなる人がよくいる。もっと長生きしていればとか、もっと研究を続けていれば、と思いがちであるがそれは違う。寿命だったのである。

（二〇一〇年三月二五日号）

第五章　文化の力

夫のストレス、妻のストレス

父と母はよく喧嘩《けんか》した。子供の私に夫婦喧嘩の原因はよく分らなかったが、いつも母の怒鳴り声の方がより大きく、より激しく、そしてより効果的に相手を傷つけているように見えた。攻勢に堪まらず父が顔を真赤にしたまま二階の書斎に逃げこむ、というのが常だった。

高校生の頃、父が私に「お母さんと喧嘩するとダメだ。腹が立ち過ぎてその後一時間も二時間も原稿が書けなくなる」とこぼした。私が「僕はお母さんと激しい口論になった後、腹を立てたまま机に向かうとかえって雑念が入らず勉強に集中できるよ」と言ったら父は「本当か。それはすごい。お前みたいな奴《やつ》が本当に強い奴だ」と珍しく褒めてくれた。

私も女房と時々喧嘩する。父母の場合と異なり、悪いのは無論いつも一方的に女房の方だが、声の大きさや激しさに勝るのもやはり女房である。ところが困ったことに、母と喧嘩してもすぐに勉強に集中できた私が、女房と喧嘩した後は父と同様、はらわたが煮えくり返って仕事が手につかないのである。半日以上腹を立てていることさえある。私も本当に強くはなかったのだ。

母と私の口論では、母が私の言動を叱《しか》り私が自らを弁護するという形だった。ここまでは女房との喧嘩も同じだ。違いは、母がそこで止まるのに対し女房は戦線をそれ以上に拡大することである。いきなり全面戦争に持ちこむ。こちらの忘れている昔の失言やほんの出来心を思い出し攻め立てたり、何の関連もない私の癖や容姿を持ち出しなじったり、ひいては私の育ちの悪さや人格の低さを立証しようとしたりする。的外れとは言えないもののそこまでやられるから仕事が手につかなくなるのだろう。

先日、サラリーマン男性と主婦を対象とした意識調査の結果を見た。サラリーマン男性のストレスのトップは年代を問わず仕事、とりわけ上司だった。私の場合、大学に勤める研究者だったからストレスのトップは上司でなかったが、やはり仕事、すなわち研究が最大のストレスだった。ところが主婦の最大ストレスはこれまた年代を問わず「夫」だったのである。

先日、叔父の一周忌で昼食をとりながら私がこの調査結果に触れた。「主婦の最大ストレスは年代を問わず」と言いかけたら六十代の従姉《いとこ》が「夫でしょ」と自信ありげに叫んだ。私が驚いてうなずくと、横から女房が「そうよ、夫に決まってるわよ」といやに力強く宣言した。八十五歳になる叔父の義兄が「夫が外で大変なストレスに骨身を削っているのが妻には分りにくいんでしょうな」と微笑《ほほえ》みながら言った。私が内心拍手をしていたら八十二歳になるその妻が「夫も少しは反省してくれなくちゃねえ」と隣に坐《すわ》る八十歳の未亡人にささやいた。未亡人も大きくうなずいた。はっきりしたのは私が死ぬまで女房になじられ続けること、そして悪いのは私の言動や低い人格というより存在自体らしいということだ。断固粉砕いや断固無視。

（二〇一〇年四月一日号）

白い花が好きだった

　庭のコブシが咲き始めた。父が植えたものである。もうじき信州でもコブシが咲くだろう。山がまだ枯木で覆《おお》われている頃に、いち早く春の訪れを告げる春告花《はるつげばな》である。信州の谷間の村で生まれた父は幼い頃、山の斜面にコブシの花を見つけると嬉《うれ》しくてたまらず山に分け入り、まだ完全に消えていない雪の上でコブシの花の気品ある香りをかいだという。

　父にとってコブシこそは、春であり希望であり郷愁だったのである。だから昭和二十七年の三月初めに吉祥寺に引っ越してまずしたことは、コブシを庭に植えることと、そして小学校二年の私を散歩に連れ出し近隣にコブシの花を探すことだった。

　井の頭公園の弁天池のほとりで見事なコブシを見た時、父は大はしゃぎだった。鷹狩《たかが》りに来た徳川家光がこのコブシの幹に「井之頭」と小刀で彫りつけたことから井の頭公園と呼ばれるようになった、とコブシの脇《わき》の石碑にあるのを解読してくれた。

次に見つけたのが我が家から五分ほどの所にあるコブシだった。庵《いおり》とも呼ぶべき小さな古家の小さな庭に、不相応ともいうべき巨木が白い花を咲かせていた。父はここで立止まると五分ほども腕組みをしてその姿を愛《め》で、「コブシはもともと山の木だからここの主《あるじ》がわざわざ植えたに違いない」とつぶやいた。そして「同好の士としてちょいと挨拶《あいさつ》してこよう」と言うと玄関まで行きベルを押した。眼鏡をかけた小さな老人が出て来た。丹前を羽織っていて着物の裾《すそ》からラクダのももひきが見えた。

「最近近くに引っ越して来た者ですが余りに立派なコブシなので御挨拶をしたいと思いまして」

「いやあ、それはそれは。私は信州の松代《まつしろ》で育ったものですから懐《なつか》しくて植えました」

「えっ、やはり信州の御出身ですか、私は諏訪です」

老人は児童文学者の塚原健二郎氏だった。これには私も驚いた。「赤い鳥」で彼の作品を読んでいたからである。私は「えっ、『星になったピン』を書いた人がこの人」と思わず叫んだら塚原先生が笑った。父が笑った。

一番の思い出に残るコブシは三十年前の三月に咲いた我が家のコブシである。父の植えたものだ。父が急逝《きゅうせい》して三週間余りだった。もうほんの少しだけ生きていればこの大好きな白い花を見ることができたのに、と思ったら亡《な》くなってからもっとも烈《はげ》しい虚脱に襲われ気が遠くなりそうになったのを覚えている。今年もまた、父のコブシと塚原先生のコブシは花を咲かせている。ともに当時より花弁が小さくなったような気がする。

（二〇一〇年四月八日号）

民主主義は見苦しい

私は大学に奉職していた四十年ほどの間に百以上の委員に選ばれた。有能を見込まれて選ばれたこともあったし、いやがらせとして選ばれたこともある。大した貢献は何もできなかったが一つだけ自負することがある。数学科の会議で自分の有利になるような主張を極力避けたこと、理学部の会議で数学科の利益をいっさい代弁しなかったこと、大学全体の会議で理学部の利益代表としての立場を決してとらなかったことである。また国立大学全体の会議では自分の大学の利害を考慮に入れたことがなかった。

ところがこの四十年間に出席したどの会議においても、委員達のほとんどすべては、自分または自分の所属する部局の利益を擁護し追求することに躊躇《ちゅうちょ》しなかったのである。全体の会議はその上で各部局の利害を調整するためにあると考えているようだった。これは私にとって驚くべきことだった。私にとって、他を顧みず自らの利益を主張することは幼少の頃からただただ恥ずべきことだったからである。

大学人だけではない。市会議員、県会議員、国会議員でも選挙を意識して支持基盤となる地域や人々の利益ばかりを考える者が多い。選ぶ方も、議員とは自分達の利益代表くらいのつもりでいる。先日の長崎県知事選では、現地に入った民主党の選対委員長が「時代に逆行するような選択を長崎県民の方がされるのであれば民主党政権は長崎に対しそれなりの姿勢を示すであろう」と言った。脅しである。同党の幹事長は「選んでいただければ交付金も皆さんの希望通りにできます。高速道路がほしいなら造ることもできます」と言った。買収に近い。選挙民は自分達にもっとも大きな利益をもたらす人を代表として選ぶ、という法則を知っているからこそ恥ずかし気もなく堂々とそんな演説ができたのだろう。

日本だけではない。アメリカの上下院におけるトヨタ叩《たた》きでも、攻撃の急先鋒《きゅうせんぽう》となった議員の多くはミシガン州などビッグスリーの大工場がある州の選出議員で、逆にトヨタ擁護に回ったのはトヨタ工場のある地域からの議員だったという。国連だって各国は自国への利益誘導ばかりだ。

もちろん利害調整は会議の役目の一つである。しかしそれよりはるかに大きな役目は全体の発展、全体の繁栄を通して全体の幸せを実現することではないか。少なくとも、自分だけの利益を会議で主張することはあさましい、との感覚は必要である。この廉恥心《れんちしん》が地球上の大多数の人間に稀薄《きはく》だから、世界中のありとあらゆる会議が見るに耐えない利益争奪の場となる。民主主義とは何と見苦しいものか。この意味で、利益誘導を餌《えさ》にした党の候補を毅然《きぜん》と拒否した長崎県民の態度は歴史に残る快挙であった。日本そして世界は長崎を見習うべき、なのだが。

（二〇一〇年四月一五日号）

「控え目」という美徳

三十歳の頃、アメリカのミシガン大学で研究発表をした。講演後に「実に素晴らしい。ファンタスティック」などと何人かの若手数学者に言われ握手まで求められた。それまでにこんな経験はなかったしそれ程の成果でもないので驚いた。四十四歳の頃、ケンブリッジ大学で研究発表をした。アメリカでのものより自信があったが講演後は司会者に「ありがとうございます」と言われただけだった。オックスフォード大やロンドン大でも「面白い話を」が加わっただけだった。アメリカでは賞《ほ》め方が大仰だがイギリスでは控え目なのである。発表者もアメリカではしばしば自分の研究を実際以上に見せようと頑張るが、イギリスでは自慢は決定的な悪趣味だから皆控え目な表現を心がける。

ケンブリッジ育ちのアンドリュー・ワイルズ博士は、数学における二十世紀最大の事件とも言えるフェルマー予想の解決を発表した時、BBCテレビのインタビュー番組に出演した。このビデオをイギリスの友人に見せてもらった。司会者の「フェルマー予想とはどんなものですか」の問いにワイルズは「理解するのはごく簡単ですが証明が幾分難しい予想です」と答えた。歴史に残る天才が八年間にわたる生命を削るような苦闘の末にやっとねじ伏せた大予想を、「幾分難しい」と形容したのだ。英国紳士だった。

けなす時もアメリカ人は激しい。そのためのありとあらゆる俗語卑語が揃《そろ》っている。数学者でも気に入らない仲間のことを「あいつは信じられない白痴だ」などと平気で言う。一方のイギリス紳士は「あの人はユーモアに欠けている」とか遠回しに言う。十年ほど前、オックスフォード出身のイギリス人女性に、「あなたと同窓で悪いけどブレア首相だけは大嫌いだ」と言ったことがある。彼女は同意するようにうなずくと数秒してから「恐らく彼はオックスフォードで友達が一人もいなかったのではないかしら」と言った。彼女の控え目な表現に比べ自らの粗野な物言いが恥ずかしかった。

日本人は万事、アメリカ人よりイギリス人に似ている。言動一般にわたる「控え目」もそうだ。

昭和一桁《ひとけた》の東京で八年間を過ごした、イギリス外交官夫人のキャサリン・サンソムは、著書の中で日本女性の控え目と優雅を絶讃《ぜっさん》している。とりわけ女湯における女性の身のこなしを完成された芸術とさえ評した。これを見るのは無上の喜びとまで言った。そんな彼女にある時、日本紳士が「御主人は長く日本に住んでいらっしゃるから美術品をたくさん収集されたでしょう」と尋ねた。「残念なことにそのほとんどが大震災で焼けてしまいました。あれもこれも」と彼女が嘆くのを紳士は深い同情を示しながら聞いていた。夫人は大いに慰められたがふと気になって「あなたは何か失いませんでしたか」と逆に尋ねた。紳士は「妻子をなくしました」と言い静かに微笑んでいた。イギリス人も舌を巻いた日本紳士の「控え目」だった。

（二〇一〇年四月二二日号）

愚かしき官僚叩き

政治主導という言葉が政治家やマスコミの口によく上る。官僚まかせでなく民意をうけた政治家が主導権を握るべきという意味合いで使われる。これに疑問を投げかける者がいないのは不思議だ。「政治主導はグローバル・スタンダードだ。アメリカでは政が政策を決定しそれを官に指示し実行させる。政のトップの大統領が代われば官の上層部も大幅に刷新される。日本は遅れている」とここ十数年間も言われ続けてきた。

アメリカの政治主導はそれほど賞讃すべきものだろうか。貪欲《どんよく》資本主義を広くまき散らし世界を深く長い不況にひきずりこみ、貧困率が先進国中最も高く格差大国、犯罪大国と久しく言われながらどうしようもできないでいる。一歩譲り、そのような資本主義がアメリカにとっては良いとしても日本にとっても良いとは限らない。

ここ十年余り日本は政治主導であった。内閣の御膝元《おひざもと》におかれた経済財政諮問《しもん》会議や規制改革会議が、アメリカの対日要求に沿って官僚の頭越しに日本の経済や社会の構造から変えていった。

その結果、主要国が軒並み経済成長をとげる中で我が国だけがデフレ下の緊縮財政という愚策を続け、十年間もデフレ不況に苦しんだ。この間に地方は疲弊し、派遣労働者の激増と容赦ない派遣切りが雇用を破壊し、自殺者が十二年連続で三万人を超す自殺大国となった。

官僚でなく民意で選ばれた政治家が主導権を握るというのは民主主義の原則とも言え一見当然のようだが、大きな落とし穴がある。政治家より官僚の方がしばしば、政策に関する専門知識、経験、そして見識においてさえ上なのである。官僚は中学、高校、大学、国家公務員試験と試験につぐ試験をくぐり抜けた、日本中のあらゆる階層から選ばれた最優秀の人々と言ってよい。一方最近の政治家の中には、小泉チルドレンや小沢チルドレンに見られるように、議員になるまで国政とは何の関係もない職業に携っていたズブの素人《しろうと》が多い。芸能人、スポーツ選手、美人、テレビで名の売れた人達といった話題性しかないような人も見受けられる。それに世襲議員だ。橋本首相以降八人の首相のうち七人は世襲議員である。日本は世襲議員比率の最も高い国の一つである。無論世襲議員にも極めて優秀な人はいる。問題は優秀な頭脳と情熱をもった若者が、コネもカネも地盤もないがゆえに政治家を志せないということだ。従って政治家の力量はいつまでたっても向上しない。加えて政治家は次の選挙を考えポピュリズムに走りやすい。近頃の政治家は民意という言葉をしきりに使うがそれは移ろいやすく概して無責任なものだ。長期的視野に立ち国の命運を担《にな》うという大仕事を、民意に迎合する政治家だけにまかすのは不安だ。政治家は官叩きに走るより、官僚の無法な天下りや優秀な者にありがちな狡猾傲慢《こうかつごうまん》を厳しく警戒しつつ、ポピュリズムとは無縁な官僚を知恵袋として、共に手を携え国に奉仕して欲しい。優秀な人材はどの国においても数が限られており貴重だ。叩き潰《つぶ》す余裕などないのだ。

（二〇一〇年四月二九日号）

些《さ》細《さい》なことと巨大なこと

事業仕分けとかいう政治ショーが始まった。ニュースで見たら、沖縄科学技術大学院大学の運営委員の報酬が高過ぎると追及していた。他の機関については天下りが多過ぎはしないかとか、設備が都心にある必要があるのか、といった細かいことを議論していた。こんな些細なことは、政府が予算策定をガラス張りにすると力み全力で取組むことでも、マスコミが大騒ぎすることでもない。公務員監視庁のようなものを作り、常時、公務員の行動や独立行政法人の運営を監視させておけばすむことである。そもそも、事業仕分け程度の枝葉末節をいじくっても焦眉《しょうび》の景気浮揚や財政再建には全く役立たない。

民主党政権のなすことは些細なことと巨大なバラマキしかないようである。鳩山首相がマニフェストで豪語した東アジア共同体構想はどうなったのか。東アジアからアメリカの影響を排除しようという、五年ほど前まで中国の主唱していた案だったが、米中がG2と呼ばれ協力関係を築くようになった頃から、中国自身が興味を失っている。東アジア諸国も中国支配を危惧《きぐ》し乗気でない。彼等は皆、中国よりはまだアメリカの方がよいと思っている。民主党政権だけが潮流を読み誤っているのである。

正三角形としての日米中関係という壮大な青写真はどうなったのか。

普天間問題でもっとも大切な日米関係を大きく傷つけただけではなかったか。先日の核安全保障サミットでは、中国をはじめ東南アジアの首脳の多くがオバマ大統領と会談したが、鳩山首相は外された。ワシントンポスト紙に「不運で愚かな日本の首相」と揶揄《やゆ》される始末だ。一国の首相に対する同紙の非礼無礼傲岸不遜《ごうがんふそん》は問題だが、あらゆる局面でアメリカによる日本外しが始まってしまったのである。

「日中関係のさらなる深化」や「東シナ海をいさかいの海から友愛の海へ」といった美辞麗句はどうなったのか。友愛などと聞いて中国は、裏にどんな謀略があるのかとさぞ警戒したことだろう。外交や防衛で、友愛を本気で語った指導者は古今東西存在しないからである。つい先日、東シナ海で中国駆逐艦が、国際法にのっとり通常の哨戒《しょうかい》飛行をしていた自衛隊機に速射砲の照準を合わせたり、中国軍ヘリが自衛隊護衛艦に九十メートルの至近まで近寄るなど、冷戦中のソ連でもしなかったような威嚇《いかく》行為をした。「友愛の海」は中国海軍の前庭となったのである。

「温室効果ガスの二十五％削減」と国連で大見得を切ったがどうなったのか。人間の出す炭酸ガスが地球温暖化の主犯、という説には多くの科学者が疑問を投げかけ、今や主犯説は科学界のスキャンダルにまで発展し、急速に色褪《いろあ》せてしまった。国際公約はどうなるのか。

民主党政権が安穏としていられるのは、自分達と同様、国民が些細なことに気を奪われ大きなことを忘れてしまうからであろう。

（二〇一〇年五月六・一三日号）

コピー商売を恥じない国

数学科の学生の頃、私達の間で「飯田橋に行く」と言ったら「海賊版を買いに行く」という意味だった。一九六〇年代、数学の洋書は学生にとってとても買える値段ではなかった。飯田橋のあるビルの一室で、数学や物理学の洋書をコピーしペラペラの表紙をつけ製本したものを、新刊の五分の一以下の値段で売っていたのである。私は初めそれが違法であることを知らなかったが、狭いビルの二階の陰気な一室で何となくコソコソ商売していたから、怪し気な感じはしていた。昼休みの教室で友人と海賊版を一心不乱に読んでいたら恩師が「外国人の教授が講演に来た時は海賊版を見せないよう気をつけて下さい。向うではうるさいので」と苦笑いしながら注意したのを懐《なつか》しく思い出す。先生も学生も、学問のためには仕方ないと思いつつ後ろめたさがあった。

最近、上海《シャンハイ》万博のPRソングが岡本真夜さんの曲とほとんど同じであることが発覚した。中国ではこれまでにも音楽、アニメをはじめありとあらゆる日本製品がコピーされてきている。他人の物を盗むのは世界中どこでも太古の昔から悪いことと考えられている。それに比べて知的所有権は物でないからその侵害が悪という理解が難しい。

だからこそ国際ルールを知る政府の厳しい取締りが必要なのだが、中国政府のそういった行為に対する態度はすこぶる甘い。「三不政策」をとっているとさえ言われる。コピー商品を、「摘発しない」「罰金を科さない」「訴訟しない」である。政府公認のようなものだから、中国メーカーには恥ずかし気もなく「最初の一個を輸入し、それを真似《まね》て二個目を作り、三個目は輸出する」をモットーに成長したところが多い。金のかかる研究開発をせず、安い労賃で作るから低価格が可能となり、あっという間に世界市場を席捲《せっけん》するのだ。

先頃、自主開発として開通した中国新幹線は、JR東海が技術流出を警戒し、賢明にも輸出を断念したものを、JR東日本が「ブラックボックスのない完全な技術供与」という恐るべき条件を呑《の》んで売ったものであった。しばらくすれば中国による大々的な新幹線輸出が始まるだろう。今後、高速鉄道計画や原子力発電所計画は北米、南米、アジアと目白押しである。買い手は、コピーであろうとなかろうと、性能に大差がないなら必らず安い方を買う。特に途上国は金に余裕がないから性能や安全性が三割減でも価格が半分の方を買うのだ。中国が勝ち日本が負けるのだ。

コピー商売に罪の意識も羞恥《しゅうち》もない国の存在は、我が国のような創意と地道な努力により高品質のものづくりをしている国家の生存を脅《おびや》かす。コピーを取締るための有効な国際的機関ができるまでの間、ハイテク製品の輸出にはコピーをさせないため、製品の一部をブラックボックス化することの義務化が望まれる。不断の技術革新および受注のための国をあげての支援が、必要なのは言うまでもない。

（二〇一〇年五月二〇日号）

ボロ儲《もう》け

ある調査によると、主婦は「底値」「激安」「お得」「タイムサービス」などの言葉に弱いという。これを新聞で読み私は笑った。そしてハッとした。まさに私自身がこれらに弱いからだ。それにしてもこの私が主婦と同じ感覚を共有するとなれば日頃武士道精神を標榜《ひょうぼう》する者としての沽券《こけん》にかかわる。

主婦がそういった言葉に弱いのは恐らく少しでも安い物を買い倹約をしたいという思いからであろう。無駄な金は一円でも使いたくないと言うことだ。私の母もそうだった。銀座のバーで一晩に五万円を使い上機嫌の赤ら顔で帰宅した父に、「私は五円安い豆腐を買いに一キロ先まで行くんですからね」とよく冷水を浴びせた。父がベストセラー作家になってからも母は少しでも安く買える店を探していたから、女性には家計とは関係なく倹約本能が強く備わっているのだろう。

私の場合はまったく異なる。つまらないお札が魅力的なモノに変貌《へんぼう》する醍醐味《だいごみ》が好きなのだ。それに儲けるのは好きだが儲けた金に興味はない。だから「激安」を見ると血が騒ぎ、「超激安」や「捨値」を見るとゾクゾクし、「タイムサービス」を見ると制限時間内に買わねばと焦《あせ》りまくってしまうのである。主婦と違い家計などほとんど考えたこともない。そもそも我が家の家計は女房しか知らない。

私は母のようにひたすら安い物を求めることもしない。いろはがるたで育った私には「安物買いの銭失い」が頭に入っているからである。同じ大きさのテレビが共に定価の半額で並んでいる場合、私は断然、定価十四万円のものより定価二十万円のものを買う。定価の高いものが安いものと並んでいられるというのは性能がはるかに良い証拠と見るからだ。「論より証拠」である。それに何より、高い方を半額で買うと十万円の儲け、安い方を半額で買うとたった七万円の儲けにしかならないからである。先日はテレビとパソコンをかなりの安値で買い家に帰るなり女房に「両方合わせて十五万円もボロ儲けしちゃったぞ」と言ったらいつも通りに渋い顔をされた。女房とは基本的根本的に違って、私の血を分けた息子達はさすがに物事の本質がよく分る。私が「○○を買ってきたぞ」と言うや間髪を入れず「またボロ儲けしたんだね」と口々に祝福してくれる。女房は主婦だから攻めの儲けより守りの倹約にしか頭が向かない。

先日、青森へ行った折、道端のテントで大きな籠《かご》に一杯のりんごを東京の半値の千円という信じられぬような安さで売っていた。大好きな津軽弁を聞けるチャンスでもあるしと車を止めりんご農家のおばさんからそれを買った。湧《わ》き上がる喜びとともに羽田へ着いた。ところが「重きに泣きて三歩あゆめず」吉祥寺の自宅までタクシーで帰ることとなった。家の前でぐずぐずしているタクシーを認めた女房が、意気揚々とりんごを差し出す私を睨《にら》み、「数学者なら千ひく一万の引き算くらいできるでしょ」と言って目をむいた。

（二〇一〇年五月二七日号）

人間の器量の測り方

年齢とともに「抱えている」ことがだんだん不得意になった。

若い頃はいくつもの懸案を抱えて何ともなかった。大学から大学院にかけての頃は、自らの才能に関する不安、研究職につけるかどうかの不安、自らの研究の価値についての不安、などがいつも暗雲のように頭上にかかっていた。加えて、私の異常とも言える魅力に世の女性がまったく気付いてくれないという焦燥もつきまとっていた。二度と戻らない青春時代を、文学や芸術を鑑賞することもなく、私にふさわしい灼熱《しゃくねつ》の恋におちいることもなく、数学一色で塗り潰《つぶ》していてよいものか、という疑念にも恒常的に悩まされていた。これらを抱えつつ難解な数学に毎日十時間以上も集中していた。

助教授時代、大学で常時五つくらいの委員会の委員に選ばれていた。ここで私はアメリカ仕込みの論理を強く主張したから、人々とよく衝突し消耗した。家庭では私に似て可愛《かわい》い子が次々に生まれ、子育てのストレスに加え子育て疲れ女房からのストレスにさらされた。その中で乏しい才能を全開させエッセイを書き続け、数学を研究し続けた。五十歳の頃まで「人間の器量はどれほど物事を抱えていられるかで決まる」とうそぶくほどだった。

それが最近はいくつものことを抱えるのが億劫《おっくう》になった。大学を定年となった昨年からは、長篇執筆の他は週刊誌の連載、講演、インタビューくらいでほぼ手一杯だ。短時間でも抱えているのが下手になった。食事中などに家族の話を聞きながら何かを思い付くと、話が終るのを待つのがつらく、つい話の腰を折ってしまい文句を言われることも多い。明日までに、Aさんにお礼の手紙を書き、Bさんにメールで連絡し、文房具屋で万年筆のインク、スーパーで冷凍餃子《ぎょうざ》を買い、古本屋であの本を探さねば、などと考えると抱えているのがつらいから結局全部を今日中にしてしまう。

メモをしておけばつらさが軽減するのは分っているが、メモをするほど落ちぶれてないとの自負がある。目覚ましい記憶力を誇った私は、何と四十歳までは手帳すら持っていなかったのである。

抱えるのがつらいのは、懸案を抱えること自体が脳へのストレスのうえ、忘れたらどうしようという不安もストレスになるからだろう。ただそれだけでは若い頃には平気で今はダメという著しい落差を説明しにくい。恐らくストレスは個人により抱えられる容量が決まっていて、それは精神的タフさみたいなものなのだろう。精神的タフさは体力に比例し増減する。病気の時に精神的タフさを失い弱気になるのを見てもそれは分る。

抱えるのが下手になったのは、私の器量は相変らず巨大ながら体力が低下したということだ。


（二〇一〇年六月三日号）

美的感受性と税金

旅に出ると歩いて歩き回るのが私の趣味だ。古い城下町を訪れた時など一日に二十キロもせっせと町を歩き回る。目的を持って歩くこともあるが、横丁をただブラブラキョロキョロ歩くこともある。外国でも同様だ。昨年イタリアのローマ、フィレンツェ、シエナに十日間ほど行った時も、毎日ほとんど二十キロは歩いていた。

歴史を感じさせる町とか緑の多い町に行くと、何もかもをじかに肌で感じたいと思うから、タクシーに乗らずすべて徒歩で移動する。藤原家はもともと足軽だから、歩きに歩くことは家の伝統を立派に守っていることにもなる。

ところが最近、日本の大都市から小都市まで、歩く気のしない町が増えてきた。駅前商店街に活気はなく、町全体に緑が少なく、何の趣もないプレハブ住宅や安っぽいコンクリートの建物ばかりが目につくようになったからだ。

　明治、大正、昭和初期と、多くの外国人が日本を訪れ日本の美しさを絶讃《ぜっさん》した。「国全体が国立公園のよう」と言った人がいたし、段々畑を見て「これは田園でなく庭園だ」とたまげたり、日光の杉並木や長崎港を「この世のものとは思われない」とうなった人もいた。昭和初期の東京で、雨上がりの町を和服姿の女性がパラソルを開いて歩く様を「絵のように美しい」と評した英国女性もいた。それほど美しい日本がいつの間にか、ヨーロッパのどの町にも負ける、みにくい町ばかりになってしまったのだ。

　外国人がほめたのは景色だけではない。日本人の鋭い美的感受性について、ほめ称《たた》えた人は数限りなくいる。茶道、華道、書道、香道と何でも芸術の域まで高めてしまう異常な能力、世界のどこにもない、「地味」「わび」「さび」「幽玄」など微妙独自な感覚なども一様に称えられた。このような感性を未《いま》だに失ってはいない日本人が、自分達の住む町並のみにくさに平気でいられるというのは実に不思議である。町から緑がなくなったことがみにくくなった一番の原因だ。日本人が好き好んで緑をなくした訳ではない。都市では地価が異常に高く、それに伴って相続税も高くなるから、相続の起こるたびに、庭のあるような大きさの土地は相続者により分割され、あるいは買い取った不動産屋により分割分譲されたりアパートを建てられたりした。世界一と言われる高い相続税により、昔からのお屋敷が片端から消えたのだ。こうして大中小都市の緑はいつのまにか姿を消した。カナダ、ロシア、中国、オーストラリア、スウェーデン、スイスなど相続税のない国もかなりある。すでに累進《るいしん》で所得税を徴収した残りに再び税金をかけるのは道理に合わないという考えによるのだろう。失われた美しい町並を取り戻すため我が国も不動産の相続税率を下げることを考えた方がよい。税収が不足となるなら金持優遇と言われる個人所得税の累進制を強化すればよい。身の回りの緑や田園や自然の美しさは日本の誇る美的感受性の淵源《えんげん》でもある。そしてこの美的感受性こそは我が国が世界に誇る文学、芸術、数学、物理学などの母胎なのである。

（二〇一〇年六月一〇日号）

世界に覇を唱える条件

世界に覇を唱えるには何が必要か。イギリスが七つの海を支配した十九世紀中盤から二十世紀初めの頃、イギリスの有する世界に冠たる力は海軍だけではなかった。文化力も抜群だった。文学ではディケンズ、ブロンテ姉妹、トーマス・ハーディ、コナン・ドイルと目白押しである。自然科学では進化論のダーウィン、電磁気学の創始者マクスウェル、原子物理学の祖ラザフォードなどがいて、哲学のラッセルや経済学のケインズが若手として台頭してきていた。この文化力を背景に、イギリス人は世界を闊歩《かっぽ》し、世界の人々も彼等の言うことに耳を傾けた。十九世紀末からヒットラー登場の頃までのドイツも物凄《ものすご》い文化力を誇っていた。文学ではヘルマン・ヘッセやトーマス・マン、数学ではヒルベルト、ミンコフスキー、ワイル、物理学ではプランク、アインシュタイン、ハイゼンベルクと、すべて超弩《どきゅう》級の大天才が控えていた。こういった文化を携えてドイツは第一次大戦、第二次大戦と世界制覇に乗り出したのである。

第二次大戦後の冷戦において、米ソは覇権を競った。ソ連にも芸術や科学などかなりの文化力があったが、アメリカがそれを凌《しの》いだ。戦前、取るに足らない文化しか持たなかった二流国アメリカが、一九三〇年代からのユダヤ人亡命者を中心に大変身したのである。現在アメリカが世界の覇権を握っているのは、軍事力と経済力によると思われているが、それは表面に過ぎない。根本的には文化とりわけ学問の力なのである。現代において、軍事力は優秀な兵隊や指揮官などでなくもっぱら科学技術力で決まる。経済力だって、科学技術、政治学、経済学などの学問的支えがあって初めて確固たるものとなる。ドル基軸体制やグローバリズムの押しつけなど、アメリカ一極体制を支えるその傲慢《ごうまん》とも言える自己中心主義が大きな批判を浴びることがないのも、背景に控える圧倒的な学問力に世界が気圧《けお》されているからだ。世界中の一流を集めほとんどすべての学問分野でアメリカが最先端を切っている。アメリカの品格とは学問によりかろうじて支えられているのだ。これがある限りアメリカは世界の一強であり続ける。これがなくなった途端に普通の国に転落する。世界はこれに気付いていないようだが、世界各国が一流研究者達の年収と研究費を五倍にすればアメリカの覇権は自然消滅するということだ。

世界に覇を唱える条件は学問、文学、芸術など文化の力につきる。今、中国は急激な経済成長、軍備拡大、資源を求めての莫大《ばくだい》な国家投資など着々と世界覇権を目指しているようだ。日本をはじめ世界中が中国の勢いに目を奪われそれを懸念《けねん》し始めている。懸念には及ばない。自然科学におけるノーベル賞に限っても、中国内に受賞者はいない。だから技術もない。中高生の頃までは身長も急激に伸びるがいずれ止まる。それ以降の伸びは文化の力だ。これが貧弱だから中国の伸びは遠からず飽和点に達し停止する。当面は思春期の暴走だけに気をつけていればよい。

（二〇一〇年六月一七日号）

ロマンティックな脳味噌

辰巳琢郎

決して自慢する訳ではありませんが、普段から極めて社交的な人物の振りをしている為、友人知人が大勢います。それはもう、覚えきれないくらいです。そして何故か皆さん、出版社に目をつけられるような高い教養のある方ばかり。活字離れなどものともせずに、精力的に本を著されているようで、書籍小包が毎日のようにポストに届きます。中には、一人で百冊以上送り続けてくださる猛者も。嬉しい悲鳴、と言ったところでしょうか。

ところがどっこい、決して自慢する訳ではありませんが、この歳になっても未だ結構売れっ子なんです。年がら年中それこそ働き詰め。何しろ、旅することから食べること、お宅訪問をしたりクイズを解いたり、終にはワインを飲むことまで、片っ端から仕事にしてしまいましたから。即ち、唯一の趣味と言って良い「読書に勤《いそ》しむ暇」が、悲しいくらいにありません。ページを捲ったことのない「著者謹呈」の本が、続続と本棚を占領していきます。もちろん、現生だったらどれほど嬉しいかなんて、お上品じゃないことは、微塵も考えたことなどありません。そんな中、魔法にでもかけられたかのように必ず手に取り、何物かに取り憑かれたかのように最後まで読んでしまうのが、藤原正彦先生の作品なのです。

その文章の切れ味とこくについては、今更解説を加えるまでもないでしょう。論理に裏打ちされた情緒と、熱血と冷徹が混在したユーモア。私が日頃もやもや感じている命題とも言えないようなことを、ものの見事に掬《すく》い出し、極めて簡潔に、リズム感たっぷりに解いて下さる。神業という他はありません。

「先生のエッセイは、現代の日本人にとってバイブルとも呼ぶべきものだから、義務教育として総ての生徒達に読ませるべきだ」

と、息子が小学生の頃、父母がボランティアで毎朝順番に担当する「読み聞かせ」の時間に、勇んで『心に太陽を、唇に歌を』を朗読したこともありました。決して自慢する訳ではありませんが、「演技は今一つだけど、声だけは良いね」と、若い頃から褒められ続けています。もちろん大好評でした。

自分を飾るのは、武士道の精神に悖《もと》るので白状しますが、

「こちらが、数学者の藤原正彦先生です。」と、黛まどかさんに紹介されるまで、実は不覚にもこの神様のことを存じ上げませんでした。そればかりか、彼女が「名エッセイストの……」という一言を付け加えてくださらなかったおかげで、「セクハラし放題の誠に羨ましき女子大の教授」という、面白みのない方程式のような第一印象を持ってしまったのです。何とか取り入って、おこぼれに与ろうと健気なことまで考えました。直接サイン入りの著書を頂くまで、こんな認識が随分長く続いていたなんて、口が裂けても言えません。セクシーな容姿に、すっかり欺かれていたのです。

初めて先生にお会いしたのは、忘れもしないあの同時多発テロの二日後。2001年9月13日の夕刻でした。『卒塔婆《そとば》小町』に出てくる、深草少将の百夜通いに想を得た、黛さん以外はみんな初心者ばかりの俳句の会。百回ではなく、日本人の美意識に則って九十九回で終わりにしようと決めて始めた『百夜《ももよ》句会』の、記念すべき第一夜の会場に、能役者のように足音も立てずに出現されたのを、何故か白黒映画のように覚えています。

我々の句会では、初めて参加した時に披講された総ての俳句の中から、好きな言葉を選んで俳号にする、というルールになっています。藤原先生は『一夜《ひとよ》』。その日、

黛さんが詠んだ挨拶句、

秋薔薇《さうび》匂ふ百夜の一夜かな

からとったものです。因みに、主宰者の黛まどかさんの俳号は『百夜』。坂東三津五郎さんは『一万尺』で、増田明美さんは『カンナ』。わたせせいぞうさんは『釈迦』で、不肖私は『道草』です。

こんな経緯を書いたら、きっと読者の皆さんは一夜さんの句を読みたくなるに違いありません。ここは、人を喜ばせるサービス業に就いている者として、作者には無断で幾つか披露する無茶を許していただきましょう。先生の句を全部手にしている私がこの欄を執筆することに、全く異を唱えられなかったのですから。

難題はまだ解けずして秋の暮れ
明月の雲はやくして盧溝橋
モラエスの里の便りや青酢橘《すだち》

このあたりは、いかにも「藤原正彦！」という感じでしょ。ただ、またまた自らの不覚を白状しなければなりません。「モラエス」という藤原ファンなら当然知っているべき人物のことも、不勉強な私には知識がなく、その句会では選から漏らしてしまっているのです。「選句もまたは創作」と言われるほど、他人の句を読み込み、評価するのは難しいもの。私の色っぽくて素晴らしい恋の句を、なかなか選んでくださらないことへの仕返しの気持も込めて、もう少し一夜さんの代表作を、人目に晒させていただきましょう。もしかしたら、きついお叱りを受けるやもしれません。でも、先生の真骨頂は次のような句に顕れていると、私は確信しているのです。

星凍てぬかなはぬ想ひ熱きまま
降らば降れ君なき里の冬の雨

とってもロマンティックでしょう。一体どんな女性なんだろう？　最近のことかなぁ……それともアメリカ時代の……想像がふくらむのは仕方ありません。こういう句も、やっぱり鼻毛を抜きながら考えていらっしゃるのでしょうか？
でも今、はたと気付きました。この俳句はほぼ間違いなく、あの美しい奥様に読まれてしまうことになるということに。先生が一番恐れていることを、どうやらしでかしてしまったようです。

「その後間もなくトンマな女房がうまくだまされて結婚してくれた。」

と書かれていますが、奥様を御紹介いただいた時の衝撃は、未だに忘れられません。

「どうしてこんなに若くて綺麗な方が……」

百人いれば九十九人が、その後に続く言葉を飲み込んだはずです。私は違いますが、

「美女と野獣」と感じた方もいるでしょう。どんな女性と結婚するかで、男の価値と未来が決まると、恐らく結婚した頃から何となく信じていますが、藤原先生の場合、正に「豚に真珠」、失敬、「鬼に金棒」です。


『管見妄語』は、連載当初から拝読し、いつも胸のすく思いをしています。「これで日本が変わる」と確信していました。ところが、一向にその気配がありません。政治家の怠慢か、よほど『週刊新潮』が売れていないかのどちらかです。今回の文庫化をきっかけに、このフェロモンたっぷりの藤原先生の人柄が滲み出た、内容も文体も美しいエッセイを、是非とも国語か修身の教科書として使うなり、入試問題として取り上げるなりしていただきたい。日本の改革は、ずいぶん使い古された言葉かもしれ

ませんが「待ったなし」です。私より十五歳も年上の藤原先生は、それほど長生き出来る訳ではありません。この図抜けた才能を持った人格者が、もっともっと突っ込んだ発言の出来る環境に、この国のかたちを変えていかなければならないのです。先生の知識や美意識が生かされないとしたら、それこそ「脳味噌がもったいない」とは思いませんか？

「もし本書に新しい視点が少しでもあったとしたら、それはいつも本質を外しておいてくれるマスコミの親切のおかげである。」

これほど見事に本質を射貫いた言葉を、いったい誰が吐けるでしょう。

（平成二十四年五月、俳優）

この作品は、平成二十二年九月、新潮社より刊行された。

藤原正彦著
古風堂々数学者
独特の教育論・文化論、得意の家族物に少年期を活写した中編。武士道精神を尊び、情に棹さしてばかりの数学者による、48篇の傑作随筆。

藤原正彦著
祖国とは国語
国家の根幹は、国語教育にかかっている。国語は、論理を育み、情緒を培い、教養の基礎たる読書力を支える。血涙の国家論的教育論。

藤原正彦著
人生に関する72章
いじめられた友人、セックスレスの夫婦、ニートの息子、退学したい……人生は難問満載。どうすべきか、ズバリ答える人生のバイブル。

新田次郎著
孤高の人（上・下）
ヒマラヤ征服の夢を秘め、日本アルプスの山々をひとり疾風の如く踏破した〝単独行の加藤文太郎〟の劇的な生涯。山岳小説の傑作。

新田次郎著
栄光の岩壁（上・下）
凍傷で両足先の大半を失いながら、次々に岩壁に挑戦し、遂に日本人として初めてマッターホルン北壁を征服した竹井岳彦を描く長編。

新田次郎著
銀嶺の人（上・下）
仕事を持ちながら岩壁登攀に青春を賭け、女性では世界で初めてマッターホルン北壁完登を成しとげた二人の実在人物をモデルに描く。

新田次郎著

縦走路

冬の八ヶ岳を舞台に、四人の登山家の男女をめぐる恋愛感情のもつれと、自然と対峙する人間の緊迫したドラマを描く山岳長編小説。

新田次郎著

強力伝・孤島

直木賞受賞

直木賞受賞の処女作「強力伝」ほか、「八甲田山」「凍傷」「おとし穴」「山犬物語」など、山岳小説に新風を開いた著者の初期の代表作。

新田次郎著

蒼氷・神々の岩壁

富士山頂の苛烈な自然を背景に、若い気象観測所員達の友情と死を描く「蒼氷」。谷川岳衝立岩に挑む男達を描く「神々の岩壁」など。

新田次郎著

先導者・赤い雪崩

女性四人と男性リーダーのパーティが遭難死に至る経緯をとらえ、極限状況における女性の心理を描いた「先導者」など8編を収める。

新田次郎著

八甲田山死の彷徨

全行程を踏破した弘前三十一聯隊と、一九九名の死者を出した青森五聯隊——日露戦争前夜、厳寒の八甲田山中での自然と人間の闘い。

新田次郎著

アイガー北壁・気象遭難

千八百メートルの巨大な垂直の壁に挑んだ二人の日本人登山家を実名小説として描く「アイガー北壁」をはじめ、山岳短編14編を収録。

管見妄語《かんけんもうご》　大《おお》いなる暗愚《あんぐ》

新潮文庫　ふ－12－11

平成二十四年六月一日発行

著者　藤《ふじ》原《わら》正《まさ》彦《ひこ》

発行者　佐藤隆信

発行所　株式会社新潮社

郵便番号　一六二―八七一一
東京都新宿区矢来町七一
電話　編集部(〇三)三二六六―五四四〇
　　　読者係(〇三)三二六六―五一一一
http://www.shinchosha.co.jp

価格はカバーに表示してあります。

乱丁・落丁本は、ご面倒ですが小社読者係宛ご送付ください。送料小社負担にてお取替えいたします。

印刷・大日本印刷株式会社　製本・憲専堂製本株式会社

ISBN978-4-10-124811-0 C0195